꽃의 파리행

나혜석

- 구미란 유럽과 미국을 아울러 이르는 말입니다.
- 원문을 최대한 지키면서 한자와 일본어 발음을 읽기 쉽게 번역 및 해석하여 재구성하였습니다.

꽃의 파리행

조선 여자, 나혜석의 구미 유람기

나혜석 지음

구선아 엮음

차례

떠나기 전의 말

나혜석

내게 늘 불안을 주던 네 가지 문제가 있었다.

첫째, 사람은 어떻게 살아야 잘 사나, 둘째, 남녀 간 어떻게 살아야 평화스럽게 살까, 셋째, 여자의 지위는 어떠한 것인가, 넷째, 그림의 요점이 무엇인가. 이것은 실로 알기 어려운 문제다. 더욱이 나의 견식과 나의 경험으로서는 알 길이 없다. 그러면서도 돌연히 동경 되고 알고 싶었다. 그리하여 이태리나 프랑스 화계를 동경하고 유럽 여자의 활동이 보고 싶었고, 유럽인의 생활을 맛보고 싶었다.

나는 실로 미련이 많았다.

그만큼 동경하던 곳이라 가게 된 것이 한없이 기쁘지만 내 환경은 결코 간단한 것이 아니었다. 내게는 젖먹이 어린아이까지 세 아이가 있고 오늘이 어떨지 내일이 어떨지 모르는 칠십 노모가 계셨다. 그러나 나는 심기일전의 파동을 금할 수 없었다. 내 일가족을 위하여, 나 자신을 위하여 드디어 떠나기를 결정하였다.

나를 잊지 않는 행복을 찾아서

구선아

나에게 처음, 나혜석은 그저 '연애'나 하는 '신여성'이었다.

어두컴컴한 시대, 부잣집 딸로 태어나 도쿄에서 유학하고 시인과 절절한 사랑을 하다 직업 좋은 남편을 만나 구미 유람을 한 신여성. 생의 마지막 네 아이를 보지 못한 채 쓸쓸히 객사하였다지만 그 어떤 여성보다 화려하게 살다간 조선에서 보기 힘든 여자 정도였다. 그러나 남 보기에 부러운 삶만이 그녀의 삶이 아니었음을 알게 된 후, 무언가 빚을 진 느낌이었다. 나혜석 자신을 있는 힘껏 드러낸 글을 읽으면 읽을수록 그 시대는 물론 지금 나의 시대가 보였고, 나의 시절을 돌아보게 했다.

나혜석은 조선의 가부장제와 전근대적 사회를 비판하는 자전적 소설과 수많은 수필을 발표하며, 그림보다는 글로써 사회에 목소리를 높였다. 가장 유명한 글은 조선에서 신여성들 사이에서까지 논란이 된 〈이혼 고백서〉지만 나는 구미 유람기에 매혹되었다. 사실 부산에서 출발하여 경성, 하얼빈, 모스크바, 바르샤바, 베른, 파리, 브뤼셀, 베를린, 런던, 뉴욕, 하와이, 요코하마 등을 걸쳐 다시 부산에 돌아오기까지 1년 8개월 동안의 구미 유람은 그 시대나 지금이나 누구나 꿈꾸지만 경험하기 힘든 동경의 모습이다. 하지만 나혜석은 마냥 이색적인 정취에 빠져 노닐 듯 즐기지만은 않는다. 도시를 관찰하고 사람들을 탐구하며 예술사상을 탐험한다. 이 시간은 나혜석에게 또다시 뜨거운 가슴을 가져다준다. 특히 피카소, 브라크, 마티스가 활동하던 8개월간의 파리 생활은 화가로서의 미래를 다져 나가며, 예술가로서의 고뇌를 갖게 하고, 자신의 감각을 해방하는 시간이 된다.

조선에 돌아와서 나혜석의 예술가로서의 열망은 더욱 들끓는다. 함께 떠났던 남편은 정치관이 생기고, 본인은 인생관이 정돈되었다고 말한다. 구미 유람 전과 구미 유람 시기 그리고 그 후 나혜석은 여성으로, 예술가로 자신의 정체성이 변화하며 확고히 찾아갔다. 하지만 아직 봉건적 사회였던 조선에서의 예술가를 꿈꾸는 여자의 삶은 쉽지 않았다. 전통적인 젠더 이데올로기로 철옹성처럼 지어진 며느리, 아내, 엄마의 역할은 나혜석의 삶을 계속 흔들어댔다. 그때마다 나혜석은 파리를 그리워했다. 자유스럽고 평등스러웠던 파리. 그는 파리를 그리워한 것일까, 자유를 꿈꾼 것일까. 안타깝게도 나혜석은 "인생은 가정만도 인생이 아니요, 예술만도 인생이 아니다(이혼 고백장, 1934)."며 가정과 예술 속에서 행복스럽게 살기를 원했지만, 파리에서의 짧은 연애가 문제가 되어 인생도 예술도 일찌감치 막을 내리게 된다.

간혹 우린 자신이 행복스러울 거라 생각하는 인생을 그려놓고 오늘을 후회한다. 내일의 행복을 위해 오늘의 행복을 지키지 못하는 셈은 어디서 비롯된 것일까? "우리들의 할 일은 이 현실을 바로 보는 데 있고, 미래의 생활 싹을 북돋아 기르는 데 있다. 이러한 것을 생각하더라도 잠시라도 방심하여 자기를 잊고 어찌 살 수 있으랴(나를 잊지 않는 행복, 1931)."는 나혜석의 말처럼 우린 먼저 현실의 나를 잊지 않아야 한다.

조선 최초의 서양화가이자 페미니스트, 소설가, 시인, 언론인, 독립운동가 나혜석.

나혜석의 삶을 미화하거나 과대 포장하여 동경하게 하고 싶진 않다. 다만 100년 전 구미 유람을 통해 자신의 감각을 깨우고 정체성을 변화시킨 한 조선 여자가 보고 느꼈던 도시를 함께 걸어보았으면 한다. 지금과 별반 다르지 않은 도시에 놀라고, 앞서 보고 읽고 말하는 나혜석에 놀랄 것이다. 또한 한 인간으로서 자유롭게 현재의 환희로 살아가면서 나를 잊지 않는 방법을 찾을지도 모른다.

나혜석 | Shenyang in Manchuri | Oil on plywood

오로라의 아래로

소비에트 러시아행

자작나무의 삼림 위에는 석양이 냉랭했다. 왼편 하늘빛이 황색으로 되었다가 진홍색으로 변하더니 청회색으로 변한다. 하늘은 확실히 둥근 형상이 보이고 밤낮을 분간할 수 없게 되었다. 하늘은 거울같이 투명하고 황홀하였다. 그리고 거기에는 가진 형상이 다 보였다. 이것이 우리가 부르든 오로라다.

부산진釜山鎭 출발

6월 19일 오전 11시 봉천행 열차로 부산에서 출발하였다.
어머니께서 눈물을 보이시며 "속히 다녀오너라." 하시고 목이 메어 하신다. 내가 고개를 들지 못하는 동안 기차는 북쪽으로 향했다. 때는 경북남도에 가뭄이 심할 때라 아직도 비 올 가망이 전혀 없이 차 속 선풍기가 약간의 바람을 일으킬 뿐이오, 산야의 수목은 뜨거운 볕 아래에 숨이 막혀 한다.
오후 1시에 대구에서 내렸다. 다수의 벗을 만나고 밤 11시에 대구를 떠났다.

3일간 경성京城

수원역에서 몇 명의 친척을 만나고 경성에 도착하였다.
경성은 친구가 많이 있는 곳이라 마음이 편안해지고 떠나고 싶은 마음이 없었다. 친구 중에는 일부러 찾아주는 벗, 전화로 자주 불러주는 벗, 점심을 먹자, 저녁을 먹자 청해주는 벗이 있었다. 20여 명 벗과 명월관 지점에서 만찬을 했다.
벗님이 전송을 나와 목을 붙잡고 얼싸 안아주며 취(醉), 흥(興), 수(淚), 노(路) 하며 평안을 빌어 주었다. 그리고 밤 11시에 경성을 떠났다.

5일간 안동현安東縣

곽산역에서 누이를 만나 보았다. 경성서 함께 전송해준 최은희 씨는 울며 나를 보내주어 매우 고마웠다. 그의 귀한 눈물을 받을만한 아무 충실함이 없어 매우 부끄러웠다.

남시역에 안동현 조선인회 대표 1인이 마중 나왔다. 안동역에 도착하니 조선인과 일본인 80여 명이 마중 나와 있었다. 모두 손이 으스러져라 하고 잡아 흔들었다. 안동현은 이전에 6년간 살던 곳이라 눈에 띄는 이상한 것은 없었으나 길가에 있는 포플러까지 반가웠다. 실로 안동현과 우리와는 인연이 깊다. 사회적으로 사업이라고 해본 대도 여기요, 개인적으로 남을 도와 본 대도 여기요, 인심에 대한 짠맛 단맛을 맛본 곳도 여기다.

재만동포의 경제적 발전은 오직 금융기관에 있다 하니 안동에 조선인 금융회가 설립된 후 이내 안동 재주 조선인 금융계의 중심기관이 되어 있어 그 전도가 유망하게 우리 눈에 보일 때에 무한히 기뻤다.

조선총독부와 만철에 교섭한 결과 수백여 명의 생도를 수용할만한 보통 학교가 건설되었다. 이번에 만철 경영으로 되어 직원 일동이 기뻐하는 얼굴빛인 것을 볼 때 어찌 만족이 없으랴. 과거에 과한 실수 없고 현재에 한 명의 적이 없으니 안동현 여러분의 인심이 후덕한 것에 고맙다.
금곡원 중국요리 집에서 조선인회 일동의 송영회가 있었다. 실로 백여 명의 출석은 만주에 있던 조선인 생활로는 드문 예다.
다음 날에는 지인을 방문하고 남편은 강산 육고 동창회의 환영회에 출석하였다. 저녁에는 일행과 음악회를 구경하고 그 다음 날에는 일행에 섞여 채목공사 이사장 부인의 초대로 만찬을 먹었다.

다음 날 아침에 고별인사를 나누고 지인 50여명의 전송으로 11시 30분에 안동을 떠나 봉천으로 향하였다.

봉천奉天

오후 7시에 봉천에 도착하니 형님 내외와 수인이가 나와 있었다. 일주일 동안 사람에게 지치고 길에 지친 몸을 형님 집에서 편하게 쉬게 되었다.
봉천은 실로 동삼성의 수도인 만큼 신구시가의 굉장한 건축이며 성벽의 사대문, 궁성의 황금기와 청 깃발과 그리고 각국 영사관의 깃발이 날리는 모습 등 눈에 띄는 것이 많았다.

장춘長春

밤 9시에 장춘에 도착하였다.

호텔 정원에서 더위를 피하였다가 남은 시간을 도심 구경으로 채웠다. 장춘만 해도 서양 냄새가 난다. 신시가지는 물론이오, 중국 도시는 봉천이나 안동현에 비할 수 없이 정돈되고 깨끗한 곳이다. 러시아인이 아침저녁으로 출입하는 만큼 러시아식 건물이 많고, 러시아 물품이 많으며 러시아인 구역까지 있다.

고무바퀴로 된 소리 없이 세게 구는 마차는 중국식 덜컥 구르는 마차와는 다른 기분이었다. 여하튼 장춘은 깨끗한 인상을 주는 곳이다.

밤 11시에 기차 전체가 청색인 청색 기차를 타게 되었다. 부산부터 신의주까지 매 정차장에 하얀색 정복에 빨간 테두리 정모를 쓴 순사가 1인 또는 2인이 번쩍이는 칼을 잡고 소위 불량한 사람이 기차에 타는지 주의하고 있다.

안동현서 장춘까지는 누런 복장에 약간의 적계를 띄운 누런 정모를 쓴 만철 지방 주임 순사가 비스톨 가죽 주머니를 혁대에 메어 차고 서서 이것이 비록 중국이나 기차 연선이 만철관할이라는 자랑과 위엄을 보인다.

장춘서 만주리까지는 검은 회색 무명을 군데군데 누빈 복장을 하고 어깨에 삼등 군졸의 별표를 부치고 회색 정모를 비스듬히 쓰고 일본 유신시대 번인 칼을 사다가 길게 차고 가슴이라도 찌를 듯한 창검을 빼 들고 멀거니 휴식하고 있다. 중국 보병 기차 도착 시와 출발 시에 두발을 꼭 모아 기착을 하고 있다. 이것은 몽골로 내침하려는 마적을 방어하는 모양이겠다. 러시아 관할 정차장 출찰구에는 종이 하나씩 매달려 있다. 기차가 도착하면 즉시 종을 한번 때린다. 그리고 출발 할 시에는 두 번 울리고 곧 회각을 불고 어떻게 할 새 없이 바퀴가 움직이기 시작한다. 이 종소리와 회각 소리는 좋은 말로 하면 간단 명백하고 악의로 말하면 방정맞고 까부는 것 같았다. 늘씬한 러시아 사람과는 도무지 조화가 들지를 아니한다. 하얼빈 정차장에 도착하니 이상우 씨가 마중 나왔다. 그만해도 사람이 그리워 반가웠다. 그리고 북만 호텔에 투숙하게 되었다.

6일간 하얼빈Harbin

하얼빈은 북으로 러시아와 유럽 각국을 통하여 세계적 교통로가 되었고, 남으로 장춘과 속하여 남만주 철도와 연계된 곳으로 세계인의 출입이 끊이지 않고 러시아혁명 이후 유럽 백군파가 망명하여 이리로 다수 집합하게 되었다. 당시는 세계적인 음악가, 미술가와 그 외 기술자가 많이 모여들어 이곳저곳에서 좋은 구경을 할 수 있었다는 것은 내가 본 사실이다. 과연 하얼빈은 시가 번번하고 인물이 번화한 곳이다. 그러나 도로에 사람 머리만 한 돌이 깔려 있어 굽 높은 구두로 거닐라면 매우 힘이 든다. 때는 마침 7월 극심한 폭염에 처한 때라 갑자기 검은 구름이 하늘을 덮으면 대륙의 비가 맹렬히 쏟아진다. 그러다가 곧 모피 외투라도 입을 만큼 선선하다가 삽시간에 별이 쨍쨍하게 나서 다시 푹푹 찐다.

오후 4시쯤 나가 보면 형형색색 모자와 살이 비치는 옷을 입은 미인들이 길가에 늘어섰다.

하얼빈의 부녀생활과 오락 기관

부녀생활의 일부분을 쓰면 이러하다.

아침 9시쯤 일어나서 식구들과 빵 한 조각과 차 한 잔으로 아침을 먹는다. 주부는 광주리를 옆에 끼고 시장으로 간다. 점심과 저녁에 필요한 식료품을 사와서 점심 준비를 한다. 대개는 소고기를 많이 쓴다.
정오부터 2시까지 식탁에 모여 앉아 한담하며 마음껏 점심을 먹는다. 이 시간에는 각 상점은 철문을 꼭 닫는다. 그리하여 점심시간에는 인적이 드물다. 그리고 주부는 가사를 정돈해 놓고 낮잠을 한숨 잔다. 저녁은 점심에 남은 것으로 먹고 화장을 하고 활동사진관, 극장, 무도장으로 가서 놀다가 새벽 5시에서 6시경에 돌아온다. 부녀의 의복은 자기 손으로도 해 입기도 하지만, 상점에 해놓은 것을 많이 사서 입는다. 겨울에는 여름 의복에 외투만 입으면 그만이다. 여름이면 다림질, 겨울이면 다듬이질로 일생을 허비하는 조선부인이 불쌍하다.

오락 기관이 많이 생기는 원인은 구경꾼이 많아지는 것이다. 그러면 구경꾼 중에는 남자보다 여자가 많은 것은 어느 사회를 막론하고 일반이다. 서양 각국의 오락 기관이 번창하는 것은 오직 부녀생활이 그만큼 여유가 있고 시간이 있는 것이다. 내가 전에 경성서 어느 극장 앞을 지나면서 동행하던 친척에게 말한 것이 있다. 극장 경영을 하려면 근본적인 문제 즉, 조선 부녀생활을 급선무로 개량할 필요가 있다고 실로 부녀생활에 여유가 없는 사회에 오락 기관이 번영할 수 없다.

인도 극과 영국 활동사진을 보고

지우 수인과 함께 제일 번영가에 있는 상무구락부 부두공원에 갔다. 이 공원은 동포 최모와 러시아인의 합자 경영인 관계상 출입구에는 러시아인과 조선인 각 1인이 있었다. 정원에는 꽃이 무늬 있게 피어 있고 극장이 있으며 여러 가지 음식을 맛볼 수 있는 무도장이 있고 수풀 사이에는 활동사진이 있어 관중이 차 있다. 종이 울리자 앉고 걷고 놀고 하던 사람들이 일시에 모여들어 극장으로 들어간다. 극장 내 의자에는 입장권에 따라 앉게 되어 있다.

극은 인도 극이었다. 인도 왕자는 프랑스 유학을 하러 갔다가 졸업을 하고 온다. 인도 국민 전체의 환영이 있었다. 그러나 오직 교회 문지기가 국법에 외국 출입하는 자는 국가의 적이라 하였다고 왕자를 비웃는다. 왕자는 프랑스 여인을 데리고 와서 자신의 연애 철학을 부왕께 아뢰었다. 이때 부왕이 대노하여 그 여자를 때리는 장면은 조선 사회 과도기를 연상하지 않을 수 없었다.

또 하나는 영국 활동사진이었다. 당시 명성이 자자하던 일류 여배우가 공작의 총애를 받으면서 그것에 만족하지 못하고 일개 천인인 어부를 사랑한다. 그 어부는 매우 솔직하고 천진스러웠다. 어부는 드디어 공작을 죽이고 10년 징역을 사는 동안에 여배우를 잊지 못했다. 여배우는 잠깐 악마 굴에 빠졌었으나 어부를 잊지 아니하였다. 그리하여 두 사람은 다시 기쁘게 만났다. 돈이 만능이 되고 외식이 사교술이 되어 가면 갈수록 끝없는 노력과 진정한 사귐이 그리워진다.

송화강松花江 구경

3일은 마침 일요일이었다.

일요일이면 거의 다 송화강으로 모여든다는 말을 듣고 구경을 하러 갔다. 이쪽에서 건너 언덕까지 5정쯤 되는 탁류를 건넜다. 강변에는 휴게소가 무수히 있을 뿐 아니라 여름 한때 피서하는 목판 바닥과 장막이 깔려있다. 수풀 위에 맛 좋은 음식을 두고 즐기는 가족, 두 다리를 얹어놓고 두 손을 한데 모아 정답게 속살거리는 연인, 포실포실한 나체로 배회하는 여자들, 작은 버드나무 사이로 종횡무진 하는 삼삼오오 모여 거니는 사람들이 태양도를 덮었다. 실로 이 송화강은 하얼빈

시민에게 없어서는 안 될 피서지다.

저녁밥은 조선인회 회장 집에서 지냈다. 그리고 그 부인과 구경을 나섰다. 그는 하얼빈에 온 후 구경이 처음이라고 매우 좋아한다. 나는 언제든지 좋은 구경을 많이 한 사람과 다니는 것보다 도무지 구경 못한 사람하고 다니는 것을 좋아한다. 그 사람이 좋아하고 기뻐하는 것을 보면 유쾌하다. 이날도 매우 상쾌하였다. 여러 벗과 함께 공동묘지를 구경 갔다. 정면에 있는 납골당 옥상에는 금색 십자가가 번쩍이고 있어서 멀리서 오는 상여를 보고 종을 울려 환영의 의를 표한다. 넓은 묘지에는 형형색색 묘형이 있고 아직도 푸른 잔디가 있는 곳은 누가 주인이 될지 때를 기다리고 있다.

오는 길에는 중국식 건물로 유명한 극락사에 들렀다. 청황색 기와로부터 진홍색 벽, 남색 문의 찬란한 강색이었다. 마치 내 몸이 그 안에 조려지는 듯싶었다.

하얼빈에서 만주리까지 갈 동안에 지낼 준비를 하였다. 6일 밤 8시 10분에 하얼빈을 떠나게 되었다. 우리는 배웅해 주시는 20여 명의 지인과 벗에게 감사를 표하면서 동지철도 일등실에 오르게 되었다. 중국이 만국 철도 회의에 참가하지 않았으므로 만주리 가서는 만국 침대차로 환승하게 되었다. 이 선로에는 기관수가 역장에게 전하는 통표 모양이 철봉과 같았다.

기차는 황무지로 한없이 굴러가는데 좌우 수풀 속에는 하얀색 천연 작약이 흐드러지게 피어 있다. 망망 광야 잔디 위에 청색, 황색, 적색, 백색의 화초가 빼곡하게 피어 있어 마치 청색 비단 위에 봉황으로 수를 논 것 같았다. 뛰어 내려가 데굴데굴 굴러보고 싶은데도 많았다. 하천이 드물어 농사에 부적합한가, 산악이 험악하니 넘어오기가 곤란함인가, 쓰고 남은 땅이거든 우리나 주었으면 하는 생각이 들었다.

우리 일행이 시베리아 자연에 취하였을 때 옆 칸에서부터 서양인의 유창한 독창 소리가 난다. 기차나 기선 여행 중에 음악처럼 좋은 것이 없을 것 같다. 실경을 보고 그것을 찬미하여 부르는 자야말로 행복할 것이다.

오후 3시에 유명한 흥안령을 넘게 되었다. 여기가 해발 수천 척이다.

밤 8시에 노지 국경인 만주리에 도착하였다. 한 시간 동안 시가지를 구경하였다. 국경인 만큼 군영이 많고 조그마한 시가지지만 조선인 밀매음녀까지 구비해 있다. 여기서 세관 검사가 있었으나 우리는 공용 여행권을 가진 관계상 언제 어떻게 지났는지 몰랐다. 좌측 차에서 오른쪽 차로 짐을 옮겼을 뿐이다. 여행 짐 1개에 80전씩 받는 대는 아니 놀랄 수 없었다.

만주리滿洲里 출발

밤 11시에 만주리를 떠나 와고니 회사 만국 침대차에 환승하였다. 차 실내 설비는 동지철도와 별다른 것이 없고 다만 일등 칸 속에 세면장이 증설되어 있을 뿐이었다.

1927년 5월 15일부터 치타chita와 모스크바Moscow 간 급행열차는 만주리와 모스크바 간 급행열차로 되어 차피에서 환승하는 것이 폐지되었다. 같은 급행열차에는 연상차, 경상차, 식당차, 일등 이등 침대차 등이 설비되어 있다.

만주리에서부터 동행인은 이러하였다.

귀족의원 뇌전 씨, 남미 브라질행

중의원 직원 송본 씨, 제네바 군축회의

출석차 공학사 후등 씨, 독일시찰

가등 씨 일행 아홉 명, 바다에 빠진 군함 속 금괴를 건
지러 가는 길
안동 의학박사 부인, 굴강고등상업학교 교수 부인과
중국인 유 씨, 베를린 대학행
이 씨 부처, 런던 옥스퍼드 대학행

너무 오랫동안 동행하니 모든 행동이 서로 익숙하여진다. 만주리에서 여권 검사를 받고 기차는 소비에트 연방의 영역으로 들어섰다. 창망한 광야를 질주하는 동안 곳곳에 낙타의 무리, 브리야트 인의 작은 집이 차창으로 보인다. 오논 강을 건너 칼부이스카역에 도착하니 이제부터 궤도는 복선으로 되어 있다.

치타에 도착하니 정오가 되었다. 소낙비가 끊임없이 쏟아지는데 러시아 농민 부녀들은 머리에 붉은 수건을 쓰고 아이를 안고 서서 승객들이 나와 거니는 것을 유심히 구경하고 있다. 이곳은 농산물로 유명한 곳이다. 여기서 13시간 동안 가서 공장이 많은 베르흐네우딘스크Verkhneudinsk에 다음날 도착하였다.

이제 유명한 바이칼 호수Lake Baikal로 기차는 질주한다. 물은 언

제 보든지 반갑다. 그리고 모든 사람에게서 친근한 벗을 주는 것은 물놀이다. 하물며 망막한 대평야에 있는 바이칼 호수의 경색이라 지루해 못 견디던 승객이 차창에 모여 섰다.

크라스노야르스크Krasnoyarsk에 도착하려 할 때 송림사이로 교회 첨두가 은은하게 보여 반가웠다. 시베리아 아테네라고 하는 톰스크Tomsk를 지나 정치 경제 중심지인 노보시비르스크Novosibirsk를 떠나 옴스크Omsk에 도착하였다. 이 부근에는 쓰러진 작은 집과 부서진 차륜이 많이 있어 혁명 당시 참극의 흔적을 볼 수 있다. 이제부터 토색이 점점 흑색으로 변하여가고 식물 파는 여자들의 복장이 차차 깨끗하여지는 것이다.

여기는 스베르들롭스크Sverdlovsk다. 여기서 러시아 황제 니콜라이 2세 일가가 비참한 최후를 마친 곳이니 니콜라이 일족은 죽기 전에 이 부근을 소요하였을 것이다. 지평선과 창천이 합한 황망한 들판에 푸른 잔디가 깔려 있고 비단실로 수놓은 듯한 은방울꽃과 붉은 장미꽃이 섞여 있었다. 뭉뚝 갈아낸 자작나무의 고목 한숨에 뻗쳐오른 적송이 무한하게 많다. 흰빛, 검은빛 섞인 얼룩소 떼는 목을 늘여 한가히도 있다. 이곳이 겨울이 되어 백설이 애애한 대평야에 시베리아인이 썰매를 타고 질주할 것을 상상 않을 수 없다.

오로라

자작나무의 삼림 위에는 석양이 냉랭했다. 왼편 하늘빛이 황색으로 되었다가 진홍색으로 변하더니 청회색으로 변한다. 하늘은 확실히 둥근 형상이 보이고 밤낮을 분간할 수 없게 되었다. 하늘은 거울같이 투명하고 황홀하였다. 그리고 거기에는 가진 형상이 다 보였다. 이것이 우리가 부르든 오로라다. 우리는 알던 창가를 불렀다.

갈까보다 말까 보다
오로라의 아래로
러시아는 북쪽 나라
끝이 없어라
서쪽 하늘엔 석양 타고
동쪽 하늘엔 밤샌다
종소리 들리누나
하늘 가운데로서

오려니 너무 밝고
가려니 어둡다
멀리서 불빛의
반짝 반짝해
섰거라 헌 마차여
쉬어라 백마여
내일 갈 길이
없는 배 아니나

나는 나는 뜬 수풀
바람 부는 그대로
흐르고 흘러서
한 없이 흘러
낮에는 길 걷고
밤에는 밤새껏 춤추어
말년엔 어디서
끝을 마치든

어느 곳에 이르면 하의를 넓게 입고 붉은 수건을 머리에 써 늘어뜨린 집단농장의 여자 떼가 늘어서 있고, 어느 곳에 이르면 몽골인 무리가 수염을 쓰다듬으며 점잖이 서 있다. 정거장마다 그 토지 농민 부녀들이 계란, 우유, 새끼 돼지를 증소 한 것을 들고 판매점에서 여객에게 사 가기를 청하고 소녀들은 들판에 피어 있는 향기가 높은 영난의 속을 가지고 여객에게 권하는 특수한 청취를 보게 된다. 기차 승무원이 갖다주는 꽃을 먹고 남은 통조림통에 꽂아놓고 구매한 음식을 탁자 위에 벌려 놓고 부부가 마주 앉아 먹을 때 우리 살림살이는 풍부하였고 재밌다.

모스크바에 가까워져 오는 농촌 모습은 거의 마령서로 깔렸다. 연선 좌우에는 걸인이 많고 정거장에는 대합실 바닥에 병자, 노인, 소아, 부녀들이 신음하는 자, 우는 자, 조는 자, 두 팔을 느리고 앉은 자, 담요를 두르고 배낭을 옆에 메고 있는 참상, 러시아 혁명의 여파가 이러할 줄 어찌 가히 상상하였으랴. 러시아라면 혁명을 연상하고 혁명이라면 러시아를 기억할 만큼 시베리아를 통과할 때는 무엇인지 모르게 혈성의 공기가 충만하였다.

모스크바 C.C.C.P

옛 러시아 제국 수도 상트페테르부르크Saint Petersburg는 1917년 대혁명이 있고난 뒤 현재 소비에트 사회주의 연방공화국 수도 모스크바로 옮기게 되었다. 모스크바는 지리상 위치로 보더라도 서구와 동아시아제국을 결한 세계 대도인 사명을 가지고 있다. 오랫동안 차중 생활을 하다가 여기서 내리니 심신이 상쾌하였다. 러시아 통과는 비교적 편리하나 입국 체제는 엄중한 제한이 있어서 집행위원회 외국여권과에 가서 거주권을 받아야 하므로 여객들은 될 수 있는 대로 당일 통과하는 것이 편리하다.

우리는 여기서 삼 일간 체재하였다. 호텔 숙실료며 물가가 높아 놀라지 않을 수 없었다. 그리고 자동차 택시는 개인의 소유가 없이 모두 국유이고 얼마 있지가 않아 가까운 곳은 물론이고 꼭 걸어 다니게 되었다.

모스크바 정거장에 내리니 조선인 박 씨가 있어서 일본인이 안내를 청한다. 박 씨는 전 러시아 주재 한국 공사관 참사로 있던 사람인데 지금은 안내 영업으로 생활을 유지하여간다. 박 씨는 일본인을 안내하게 되고 우리는 모 일본인 유학생의 안내를 받게 되었다.

러시아 미술

우선 나서는 길로 푸시킨 미술관, 트레티야코프 미술관, 근대 프랑스 미술관, 모로조프 박물관, 혁명 박물관을 언뜻언뜻 보았다. 러시아 미술은 역사상으로 보면 조금도 구속을 당하여 오지 아니하였다. 러시아 문화의 중심이 변동함에 따라 예술가들은 중단되었던 예술을 중흥시키기에 노력하였다. 동시에 러시아 예술은 외국의 영향을 많이 받게 되었으나 본래 가졌던 특질은 의연히 보전하고 있었다.

러시아의 현대미술은 대략 삼분파하여 볼 수가 있다. 제1은 보수파로 혁명 전의 전통을 보수하려는 기술보다 구상을 중요시하는 파요, 제2는 동서양 미술의 장점을 취하여 자기화하려는 비교적 진보한 파요, 제3은 극히 소수로 구성파 예술을 민중화하려는 파이다. 그 외 모스크바파며 레닌그라드파며 각 지방파도 많이 있다. 그 중에도 예술 중심지인 모스크바에는 혁명 러시아 미술가 협회, 사과협회, 미술 잡지 기자의 조합이 있어 매년 전람회가 왕성하다.

푸시킨과 트레티야코프 미술관은 푸시킨과 트레티야코프 개인이 수집한 유럽 각국의 유명한 그림이 많았다. 근대 프랑스 미술관에는 근대 프랑스 화계에 유명한 그림은 거의 다 있었다. 무엇보다도 모스크바 미술관의 진열 방법은 세계에 자랑할 만하다는 세평이 있다.

크렘린 궁전

높은 성벽이 있고 십자가 옥상이 보이는 크렘린 궁전 주위를 돌아서 바실리 사원을 들어가 으리으리한 장식을 정신 놓고 보다가 나와서 나폴레옹 전쟁 기념 사원을 보고 다시 나와 국영백화점 속을 휘돌러서 맑게 흐르는 모스크바 천을 건너 흰 돌로 지은 노동궁 앞을 지나서 참새 언덕으로 갔다. 이 언덕에 올라서니 모스크바 전경이 눈 앞에 펼쳐지고 그중에 돔 지붕의 교회당 옥상의 금색이 태양에 번쩍거려 가관이었다. 다시 내려와서 러시아 현 정부 당국들의 구락부 식당에 가서 밥을 먹고 에레와 공원을 거닐다가 돌아왔다.

아침에 사방 교회당으로부터 종소리가 울려 들려온다. 나는 궁금증이 나서 나아가 사람 뒤를 쫓아 가까운 큰 회당으로 갔다. 거기는 마침 장례식을 거행하고 있었다. 관 뚜껑을 열고 꽃 속에 싸인 시체를 공개한다. 하인하고 들어가서 한 번씩 들여다보고 기도를 올리고 옆에 있는 예수 초상에 입을 맞추고 나온다. 시가지 어느 교회당 정문에는 「종교는 아편」이라고 써 붙였다. 군중은 그것을 보면서 그 곁에 있는 회당에 들어가 절을 하고 나온다.

모스크바 시가는 너절하다. 그리고 무슨 폭풍우가 지나간 듯하여 공습할 길이 없어 보인다. 사람들은 모두 실컷 매 맞은 것같이 늘씬하고 아무려면 어떠랴 하는 염세적 기분이 보인다. 남자들은 와이셔츠 바람으로 다니고 여자들은 모자를 쓰지 않고 발 벗고 다닌다. 내용을 듣건데 비참한 일이 많으며 외국 물건이 없어서 국내산으로만 생활하게 됨으로 물가가 높고 불편한 점이 많다고 한다.

레닌 묘

오후에는 레닌 묘를 구경 갔다. 공개하는 시간 전부터 구경꾼이 열을 지어 섰다. 좌우 문을 지키고 있는 문지기 사이로 엄숙히 발자국을 가볍게 하여 들어갔다. 지하 층계로 내려가서 유리 궤를 해놓은 주위를 돌면서 창백한 얼굴로 조용히 누운 레닌의 시체를 보게 된다. 혁명가 레닌 시체에 대하여는 실물이니 아니니 세평이 자자하나 하여간 보게 된 것이 영광이었다. 광장 앞에서는 나팔소리, 북소리 중천에 떠오르고 광장에는 적색 깃발이 수만 개 날리며 수만 군중 속에는 청춘남녀들이 적색 모자를 쓰고 적색 넥타이를 매고 마차 위 혹은 자동차 속에서 팔을 뻗고 발을 굴러 활기 있는 소리로 합창 혹은 독창을 하여 북적북적하고 와글와글하여졌다. 이는 영국과 국교 단절의 시위 운동이다. 한참동안 구경하다가 떠날 길이 바빠 돌아갔다.

오후 5시에 모스크바에서 출발하여 목적지인 프랑스로 향하였다. 러시아와 폴란드 사이 세관에서는 일일이 짐을 가지고 내려가서 조사를 받게 되어 퍽 거북하였다.

폴란드

폴란드 농촌에는 누런 보리가 일면에 깔려 있었다. 거기는 일본 농가와 같은 집이 간간이 있어 마치 일본 동해도선을 통과하는 감이 있었다. 들판의 수풀 위에는 시내에서 목욕하다가 쉬는 젊은 남녀가 많이 보이고 서양 화초가 무수하게 피어 있어 이만해도 서양 냄새가 충분히 나는 것 같고 내 몸이 이제야 서양에 들어온 것 같은 감이 생겼다.

여기서 승차하는 폴란드 사람들은 남녀 간에 인물이 동글납작하고 토독토독하여 모두 귀염성스럽게 생기고 모두 단아한 맛이 있다. 폴란드는 이번 구주대전 후에 일개 독립국이 되어서 정치, 통상이나 문화, 경제에 관계를 맺게 되었다. 명소가 많은 곳이나 다 못 보고 수도 바르샤바에서 약 한 시간 자동차로 구경할 뿐이었다. 이곳에서 이상히 보이는 것은 철도원 기차 승무원이 사각모자를 쓰고 순사는 청색 복장을 하였다.

17일 오후 8시에 바르샤바Warszawa에서 환승한 후 18일 오전 9시경 독일 베를린Berlin을 통과하게 되었다. 비가 와서 차창이 흐려 잘 보이지 아니하나 베를린 정거장에 유리 천정 궁륭은 좋았고 곳곳에 하늘을 뚫을 듯한 공장 연통은 우뚝 솟아있고 하늘빛은 연기 때문에 흐렸다.

나혜석 | Carriage | Oil on canvas

경색이 가려 한지라

아름다운 경색의 스위스행

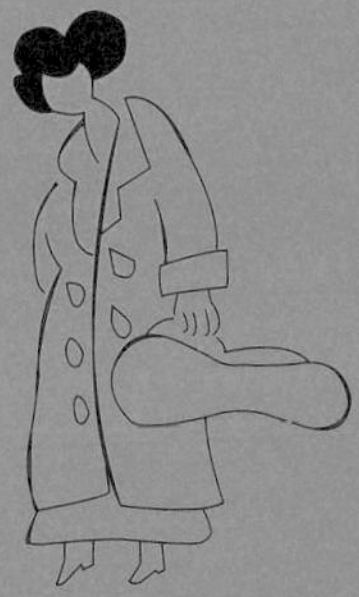

금강산을 보지 못하고 조선을 말하지 못할 것이며 일광을 보지 못하고 일본의 자연을 말하지 못할 것이오, 소주나 항주를 보지 못하고 중국을 말하지 못하리라는 것 같이 스위스를 보지 못하고 유럽을 말하지 못하리라. 난 이만큼 유럽의 자연 경색을 대표한 나라가 스위스요, 그 중에도 제일 화려하고 사람 운집하는 곳이 이 제네바다.

파리Paris 도착

7월 19일 오전.

파리 가르 드 노르Gare du Nord에 내리니 안재학 씨와 이종우 씨가 나와 맞아주셨다. 매우 반가웠다. 그 둘의 안내를 받아 호텔에 투숙하게 되었다. 파리 구경은 길을 좀 안 다음에 하기로 하고 볼일이 있어서 제네바Geneva로 가게 되었다.

파리에서 스위스로

27일 오전 8시 스위스를 향하여 떠났다.

스위스와 프랑스 국경 벨가르드Bellegarde에서는 휴대품 검사 시에 구내 소정 장소로 짐을 가지고 내린다. 들판에도 누런 보리가 깔려 있고 거기에는 진홍색 양귀비꽃이 피어 섞여 가관이었다.

언덕부터 산천이 있기 시작하더니 경색이 환연히 가려 해진다. 여기서부터 제네바 호수로 흘러 지중해로 들어가는 냇물이 기차 연선을 끼게 된다. 두세 시간을 질주하는 동안에 낮아지고 높아지며 가까이 보이고 멀리 보여 태양에 번쩍이는 폭포도 되었다가 청색의 담지도 되었다가 잔잔한 남색의 못물이 되었다가 비누 거품 같은 탁원도 된다. 절벽 위에나 절벽 아래에는 끊임없이 즐비한 삼천 가옥의 조화가 겸비하여 있다. 눈을 멀리하면 보이는 것은 우뚝 솟은 산봉우리가 연속하여 흑색, 자색, 감색이 된다. 볼 수 있는 대로 보나 열차 창으로 보기에는 모든 것이 너무 간지러웠다. 터널을 많이 지나지만, 전기 철도이어서 연기가 없다.

경색에 취하였을 오후 7시 제네바역에 도착하였다. 도착하여 페지나 호텔 48실에 투숙하였다. 저녁 식사 후에 궁금증이 나서 산보를 나섰다. 우리 있는 호텔 앞에 제네브호-스위스 전국 무수한 호수 중 제일 큰 호수-가 있다. 호반에는 한참 무성한 가로수가 있다. 그 사이로 저녁식사 후에 거니는 남녀가 많다. 곳곳의 레스토랑에서는 음악소리가 울려 나오고 댄싱 홀 난간에는 전등 장식을 찬란히 꾸며 놓고 관현 곡으로 내객을 청한다. 저편 호수 난간에는 계란만한 전구를 줄에 끼여 꿈틀꿈틀 꾸며 놓았다. 그것이 검은 호수에 비쳐 흔들리는 야경이란 말할 수 없이 좋아 보였다. 호수에는 나직한 다리가 이리저리로 걸려 있어 왕래인이 많다. 이때 마침 군축회의가 있어 나는 일본 대표와 환산 씨 부부, 등원 씨 부부를 만나 기쁘게 놀고 점심까지 같이 먹었다.

금강산을 보지 못하고 조선을 말하지 못할 것이며 일광을 보지 못하고 일본의 자연을 말하지 못할 것이오, 소주나 항주를 보지 못하고 중국을 말하지 못하리라는 것 같이 스위스를 보지 못하고 유럽을 말하지 못하리라. 난 이만큼 유럽의 자연 경색을 대표한 나라가 스위스요, 그 중에도 제일 화려하고 사람 운집하는 곳이 이 제네바다. 과연 제네바는 문인 묵객의 유람지인만큼 교통기관이 편리하여 전차 궤도도 무수히 많으며 자동차, 마차가 시 중에 꽉 차서 어느 때 어디서든지 타게 된다.

실상 타고 다닐만한 곳도 아니나 원래 돈 많은 영미인이 돈 쓰러 오는 곳이라 다른 곳과는 다르다. 끊이지 않고 계속 오고 가고 하는 사람들 가운데는 일본 대표 60여 명이 섞여 황인을 많이 볼 수 있으며 이제까지 내객이 점점 증가하여 9월 중순경에는 절정에 달한다고 한다.

스위스의 유명한 특산품은 다 아는 바와 같이 시계다. 그 외 목조와 보석 등이 명물이고 각색 미묘한 세공은 유람객의 발길을 머물게 하고 눈을 끌며 마음을 녹인다.

석양에 호텔에 돌아오니 책상 위에 박석윤 씨의 명함이 놓여 있다. 너무 의외라 놀라고 반가웠다. 후에 문을 두드리더니 박

씨가 들어온다. 실상 이국에서 동포를 만나 보면 조상으로부터 받은 피가 한데 엉겨지는 것 같은 감회가 생겨나서 감사함을 더욱 느끼게 된다.

다음 날 아침 9시 20분.
증선으로 호수를 일회 하였다. 출발과 동시에 갑판 위에서 관현 곡소리가 난다. 태양 빛이 흐르는 호수 위에 둥실둥실 떠 음악 소리에 몸이 쌓였을 때, 아! 행복스러운 운명에 감사 아니 드릴 수 없었고 삶에 허덕이는 고국 동포가 불쌍하였다.
로잔 등지를 지나 몽트뢰Montreux에 상륙하여 부근을 둘러보니 제네브 호수가 한눈에 들어왔다. 눈앞에는 몽블랑 최고봉이 구름에 둘러 천공에 솟았으며 좌측에는 알프스산맥이 오목볼록하고 그림자가 호상에 비춰 있는 미관은 말할 수 없이 좋았다. 과연 산이 맑고 푸르며 유수한 자연미에 기묘한 인공을 가하였으니 그 경색의 찬미를 무슨 형용으로 표할까.
이곳에 시옹 성이 있다. 이 성이야말로 바이런의 「시옹 성의 죄수」라는 유명한 역사적 유서를 가진 곳이라 4시에 회정의 길에 진입하였다. 하얀 눈 같은 갈매기 떼가 기선을 따르면서 선객들이 던지는 빵을 받아먹는 광경이야말로 가히 볼 만도

하여 지루한 줄을 몰랐다.
중도에 음악대가 오르더니 한 곡을 연주하고 그릇을 가지고 다니면서 선객들에게 돈을 청구한다. 그들은 한 팀을 조직하여 상업적으로 이 배 저 배로 다닌다. 제네브 호수 색의 특색은 녹음 색이다. 거기 일광이 쏘이면 황색이 되어 삼림 색과 분간하기가 매우 어렵다.

다음 날 아침 31일 일요일.
박씨 외 지인 수인과 프랑스 영지인 안시Annecy 구경을 하러 갔었다. 여기도 역시 호수가 있는 아름다운 곳이었다. 호반 광장과 어우러진 나무 그늘에 수만 군중이 모여 박수 소리가 중천에 떴다. 높은 단상에는 십자가 국기가 있고 거기 백발노인 시장이 상여식에 대한 연설을 하고 그 아래는 각색 가장을 한 남녀 학생이 늘어앉았다.

다음날은 사교계에 유명한 서부인과 박공과 동행하여 제네바 전경을 볼 수 있다는 샬레브Saléve 산을 올랐다. 이 샬레브 산은 프랑스와 스위스 사이에 있는 조그마한 산인데 양국이 서로 갖겠다고 말썽을 부리다가 지금은 프랑스 영지가 된 산이다.

이왕(李王) 전하와의 만남

오늘은 이왕 전하께서 인터라켄을 통과하신다. 전하는 하차하시면서 우리말로 우리에게 언제 왔냐고 말씀해주셨다.

오후 8시에 프리바자 식당에서 재등 총독이 전하께 만찬을 올리게 되었다. 겸하여 군축회의 각 수석 차석 대표 회의 관계로 체재 중인 대사 공사급 책임관을 초대하게 되었다. 관등으로 감히 참석하지 못할 우리 부부도 함께하게 되었다.
내빈 70여 명 중에는 영국 대표인 현 해군 대신 프리드먼 부부, 미국 대표 레비손 씨 부부 외 동부인 등 다 여섯 명에 불과하였다. 부인이 적을 때는 여자는 상석에 앉을 수 있다. 그리하여 부인이 단련을 하게 된다. 외교관의 외교상 그 부인이 중요 임명을 가지고 있는 이러한 경우가 많이 있는 까닭이다. 그러므로 외교관의 부인일수록 애교가 있고 난연 해야 한다. 내 오른편에는 캐나다 대표가 앉고 왼편에는 영국 차석 전권이 앉게 되었다. 이런 좌석에 어학이 능통하였으면 유익될 소개가 많았을 텐데 큰 유감이었다. 어학이란 잘하면 도리어 결점이 드러나나 못하면 귀엽게 보아주기도 한다. 그리하여 맞으면 다행이오, 아니 맞으면 웃음이 되어 도리어 애교가 되고 만다. 참 무식한 것이 한이 된다.

다음날 밤에는 전하로부터 책임관 이하 20여명의 초대가 있었다. 우리 부부도 또 참석하게 되었다. 식후 사담 중에 전하께서 나에게 특히 그림을 그려 달라고 하셔서 매우 황송스러웠다. 전하는 영국 황제와 인사를 하시러 이날 밤에 떠나셨다.

다음날 오후는 환산 등원 양씨 부부와 기왕 인천공사로 온 프랑스 미망인 집에 갔다가 나와서 그 길로 3시에 개최하는 군축회의 총회를 방청하러 갔었다. 회의가 파열되리라고 일반의 공기는 긴장하여 있었다. 회장은 어느 호텔 식당이라 매우 협소하였으며 방청객은 입추의 여지 없이 꽉 찼다. 의장인 미국 대표가 취지를 말한 후 영국 대표의 연설이 있고 뒤를 이어 아일랜드 대표의 반대 연설이 있었고 일본 대표급 미국 대표의 연설이 있고 서로 인사한 후 회의는 파열되고 말았다.

12일에 지우 10여 명의 전송으로 제네바를 떠나게 되었다. 기차는 산을 넘고 또 산을 넘어 굴을 나와 또 굴로 든다. 중첩한 산악의 사이를 질주하는 동안 알프스 봉우리에 점점 가까이 올라간다. 스위스 철도는 빙빙 돌든지 언덕을 오르든지 십 분에서 이십 분씩 굴속으로 가든지 경색을 말할 수 없이 좋다. 문인 묵객을 상대로 하는 만큼 산촌 수향 이르는 곳마다 호텔이 무수히 많고 등산 전차가 곳곳에 보인다. 기차 연선 좌우 언덕은 솔로 씻은 듯이 잔디가 고르고 군데군데에 말뚝 박은 목축지와 목재를 좌우로 아무렇게나 걸쳐 지은 모습은 향촌의 홍취를 냈다. 붉은 수건을 쓰고 조선 치마같이 길게 입은 농가 부녀들이 나무 위에 올라앉아 과실을 따는 형상이 눈에 띄었다. 이곳의 석색과 토색도, 나뭇잎 사이로 보이는 가는 길 흰빛도 다른 곳에서 보지 못하던 진경이었다.

이제부터 브리엔츠 호수Lake Brienz를 횡단하게 된다. 이 호수는 스위스 특유의 고산이 주위에 솟아있어 그 모습이 비치는 아름다움이 극치에 달하였다. 기차는 두 시간 동안이나 호수에 달릴 듯한 호변으로 질주하는 데 따라 이상하게 생긴 봉우리가 출현하고 괴암 출래하여 청산 백수 진할 곳 없음을 못내 기뻐하였다. 때는 마침 석양이라 이어져 있는 봉우리는 백옥같이 희고 깨끗한 눈이 남아있어 자색, 혹은 청색, 혹은 적색으로 변화한다. 보는 동안에 연기 같은 운무로 싸여버리고 갈

길을 바삐 하는 범선이 노질을 애쓴다. 난간에 한줄기 낚시를 던져 놓고 앉은 맑고 아름다운 청진한 풍광은 실로 선녀가 놀을 자리라 할 만하였다. 오후 7시에 인터라켄에 도착하였다.

인터라켄Interlaken의 하루

저녁 먹고 그냥 자기가 아까워서 야경을 보러 나섰다. 흐르는 천을 앞에 두고 곳곳 공원으로 꾸며 놓은 일직선의 산속 시가지였다. 여기는 특히 밤 점포가 있다. 명산물 각색 조각을 진열해 놓아 길이 빽빽하게 왕래하는 내객의 발길을 멈추게 한다.

다음 날 아침에 구경을 나섰다. 정거장에는 어딘지 모르게 가는 차도 많고 오는 차도 많다. 감발을 하고 배낭을 짊어지고 작대를 짚은 등산 꾼이 많아 대부분이 학생이오, 부호가들, 피서객으로 대혼잡을 이룬다. 우리가 탄 차는 아래는 절벽이오, 위는 까맣게 보이는 산속으로 한없이 급속히 질주한다. 공기가 매우 희박해지고 기후가 매우 추워졌다. 폭포 구경을 하러 가니 근처는 수포로 소낙비가 쏟아지고 폭포는 무섭게 석공으로 뿜어 나온다. 그 아래는 무시무시 한 절벽이오, 심벽의 담지가 되어있다.

굴속으로 난 큰 철문 속으로 들어섰다. 여기는 엘리베이터가 있어 옆으로 산을 뚫고 올라간다. 이것은 아까 보든 폭포의 주위를 보기 위하여 빙빙 돌아 구경하게 된다. 백련의 포가 취벽에 부딪쳐 흰빛으로 부서지는 물거품 광경이며 빙빙 돌아서 다시 석공이 되어 기염 있게 토하는 기천은 천하의 절경이 아닐 수 없었다.

융프라우Jungfraw

알프스산 중 두 번째로 높은 봉우리 1만 1340척 되는 융프라우로 향하였다. 개미도 능히 오르지 못할 만한 높은 봉우리를 전차를 타고 가만히 앉아서 올라간다. 산을 넘어 아이거산 터널에 진입한다. 길이가 70리나 되는 터널로 도중에 석실로 된 두세 개 역이 있어 매우 기이하다. 산 벽을 뚫은 사이로 아래를 굽어보니, 아 소름이 끼친다. 매우 슬픈 적설이 천길 계곡에 묻혀있고 쳐다보니 융프라우의 청백한 설암이 안전 지척에 나타나 있다. 첩첩 산 중에는 사계절 내내 눈이 쌓여 있고, 이것이 빙하 되고 빙하가 녹아 물이 되고, 물이 흘러 폭포로 떨어지고, 폭포가 내가 되고, 내 물이 흘러 곳곳에 호수가 되어 있는 것이 스위스의 생명이다. 이것을 보러 각국 인이 모여 들고 이것을 팔아 스위스 국민이 살아간다.

스위스는 큰 나라 사이에 있어 정치상으로나 군사상 과히 할 일이 없으니 하늘의 은혜를 입은 자연경색을 이용하여 그것이 수입의 대부분이 된다고 한다. 우리나라에도 강원도 일대를 세계적 피서지를 만들 필요가 절실히 있다. 동양인은 물론이오, 동양에 있는 즉 상해, 북경, 천진, 등지에 있는 서양인을 끌 필요가 있다. 그들은 매년 거액을 들여 스위스로 피서를 하러 간다. 강원도에는 삼방 약수가 있고 석왕사가 있고 명사십리 해수욕장이 있고 내외금강 절승지가 있으니 이렇게 구비한 곳은 세계상 없을 것이다.
스위스는 어느 곳을 물론 하고 경색이 좋지 않은 곳이 없다. 스위스 전체가 절승지이다. 화제 될 만한 곳이 매우 많았다. 스위스 누구든지 구경을 나서거든 숙소를 정하지 말고 배낭하나 짊어지고 나서는 것이 좋을 듯하다. 이것이 스위스를 알기에 제일 상책이다.

베른Bern

스위스 수도 베른에 도착하니 오후 7시경이었다.

베른 호텔에 투숙하였다. 마침 비가 와서 방 창문으로 야경을 보다가 쉬었다. 실상 돈 주고 구경하기도 힘이 든다. 한 달간이나 돌아다니다 보니 구경만 하면 곧 피로를 깨닫게 된다.

다음 날 아침에는 시내 교통지도를 들고 나섰다. 우선 미술관과 박물관을 찾았다. 호텔 문 앞에는 옥상에 십자가가 있는 의회당이 있다. 이것이 베른 명소 중 하나인 국회의사당이다. 국회의사당 정면을 들어서면 이집트 인형의 조각이 마주 서 있고 이것을 중심으로 좌우 층계가 있다. 거기에는 프록토크 입은 신수 좋은 안내자가 있어 빙빙 돌아다니며 문을 열고 설명을 해 준다. 실내에는 의회 당시에 쓰는 의자와 책상이 질서 있게 놓여 있고 대통령 좌석은 소프트한 비단으로 꾸며 있다.

비밀 의회에 쓰는 소실도 많다. 중앙 집회실에는 고대 풍속화가 벽 전부에 그려있다. 스위스는 입헌 공화국으로 상하 양원이 있어 상원은 44명이오, 하원은 보선에 의하여 198명 의원이 있으며 대통령은 매년 선거하고 국가의 중대 사건은 국민

투표로 결정하게 된다.
언어는 고유한 국어가 없이 독일에 접한 곳은 독일어, 프랑스에 접한 곳은 불어, 이태리에 접한 곳은 이태리어를 사용한다. 이 나라는 아름다운 자연을 가진 만큼 극히 평화롭다. 그리하여 살인이라든지 강도 사건이 거의 없다고 한다. 그리고 국가의 재정이 비교적 공고하다.

스위스 미술

스위스의 미술은 미술사 중에서 세계적으로 자랑할 만한 명화는 없다. 진열한 점수가 상하층에 약 900점이나 되는 것은 소국민으로서의 노력을 볼 수 있다. 작품연대는 16세기 말부터 현대까지나 그 이상이 확실치 못하고 색채가 농후치 못하였다마는 가진 자연이 가려한지라 풍경화가 많았고 절승지가 많았다.
근대화 중에는 아직 성숙지 못하나 마티스 그림 영향을 받은 것이 많다. 대 작품도 네다섯 개 있으며 고대 직물도 있었다. 우리 것은 무엇이든지 부끄럽지 않은 것이 없으나 소국민 정황을 비교 안 할 수 없다. 거기서 나와 광물 진열관으로 들어섰다. 알프스에서 생겨난 형형색색의 광석이 많았다.

오후에는 마차를 타고 시가지 구경을 나섰다. 시가지 주위에는 천으로 둘러있고 우뚝 솟은 구릉에 삼림이 우거져서 도시라는 감보다 교외 같은 기분이 많았다. 교통은 매우 번잡하였으며 왕래인 중에는 다른 도시에서 보지 못하든 노부인들의 고대식 의복이 간간이 눈에 띄었다. 건물은 대개 퇴색해 있고 도로 왼편 오른편은 다른 도회지 같이 가로수가 있는 것이 아니라 각 상점 처마 끝이 길어서 인도가 되었다. 그리하여 아무리 태양이 쪼이더라도 덥지 아니하다. 도로 중간중간 소규모의 여신 동상이 있어 비가 오면 그 그릇에 한 방울 한 방울 떨어지는 것은 말할 수 없이 평화로운 조화를 일으킨다. 예수가시 면류관 모양으로 된 사원 정면 벽에 반 육조인 인물 조각은 동양적 색채를 보이었다.

역사박물관에 갔다. 석기, 토기 시대 생활 방식은 동서양이 대동소이한 듯싶었다. 돌아오는 길에 사람들의 뒤를 따라 삼림 속으로 들어섰다. 광장이 있고 다수의 남녀가 있어 술과 과자를 먹고 있는 피서지다. 앞에는 넓은 내가 흐르고 높게 물 아래 폭포를 만들어 놓았다. 거기서 다시 걸어 무엇이 또 신기한 것이 걸려들까 하고 둘러보는 중에 등산 차를 만나 탔다.

거기는 공원이 있을 뿐이었다. 조금 시간을 보내다가 돌아왔다.

다시 파리로

밤 11시에 파리에 도착하였다.
11시만 되면 택시가 별로 없어 곤란하다. 임금도 배가 된다. 본래 파리는 무엇을 배우러 온 것 같은 감이 있어 별로 구경할 맛이 없고 속히 주소를 정하고 불편한 불어를 준비하려고 하였다.

우리는 다시 여행하였다.

나혜석 | Riverside | Oil on canvas

이상한 고통이 생기는

벨기에와 네덜란드

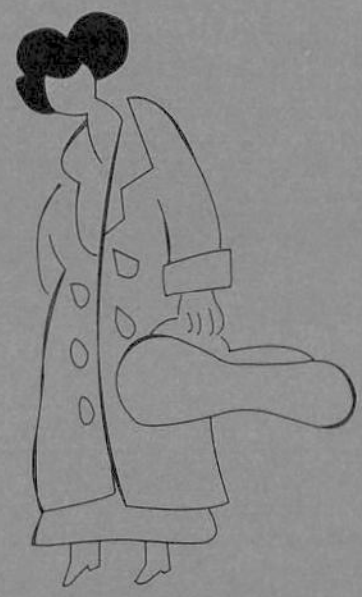

헤이그는 네덜란드의 수도이거니와 조선 사람으로 잊지 못할 기억을 가진 만국평화회의가 있던 곳이다. 1918년 헤이그에서 개최된 만국평화회의에 출석하였던 이준 씨가 당회 석상에서 분사한 곳이다. 이상한 고동이 생기며 그의 외로움이 있어 우리를 만나 함루하는 것 같은 감이 생겼다.

벨기에

8월 24일에 벨기에를 향하여 파리 북정거장을 떠났다. 프랑스는 세관 조사가 없고 벨기에는 있다. 짐 조사에는 담배와 초콜릿이 없냐고 한다. 벨기에 농촌은 프랑스 농촌과 비슷하다. 퇴락한 건물이 많고 도시 가까이 갈수록 구주대전의 영향으로 훼손된 흔적이 많고 쇠잔한 기색이 보였다. 대륙적 분위기도 없고 목장도 없고 산과 소천과 소가 다소 있을 뿐이다.

브뤼셀Brussels

오후 5시 30분에 수도 브뤼셀에 도착하였다.
택시 임금이 원가에 배를 가한다 하여 놀랍게 비쌌다. 정거장은 굉장히 웅장하고 화려하였고 플랫폼은 시가지보다 높아 거대한 둥근 모양을 이루었다.

다음 날 아침에는 토마스쿡 자동차로 시가지 구경을 나섰다. 안내자는 적어도 대여섯 개국 국어에 능통하여 각 국어로 설명한다. 건물구조 설비가 프랑스와 달라 매우 크고 토지 기복이 많고 구릉, 못과 늪이 많다. 정연한 건물은 각종 공장이다. 공업국인 면목을 보인다. 건축 격식이 풍부한 것은 프랑스 이상이다. 자작나무의 녹색과 연색을 병용한 것은 아름다웠다. 왕립 박물관에는 반다이크의 「아담 이브」, 브뤼헐의 「창 앞에서 있는 남자」, 루벤스의 「천사와 은자」의 그림이 있었다. 비에르츠 박물관에는 「그리스도 승리」, 「아이의 잠」, 「워털루의 사자」, 「19세기 혁명」, 「목욕하는 여자」, 「비밀의 부르짖음」, 「처녀의 가르침」, 「그리스도의 졸음」 그림이 있었다.
명소 중 세계의 제일가는 건물로 재판소가 있다. 안내자에게 재판하는 것도 세계의 제일이냐고 물으니 그것은 모르겠다고 한다.

안트베르펜Antwerpen

상업 중심지인 안트베르펜에 이르렀다. 건물이 광대하고 매우 사치스러웠으며 번잡하였다. 시청 앞에 유명한 브라보 상이 있다. 여기서 철과 유리와 금강석 세공이 산출하여 전 세계에 파급한다. 이곳에서 출생하여 스페인 공사로 가서 화계에 큰 영향을 끼친 세계적 화가 루벤스의 300년 기념제라고 하여 시중이 떠들썩하다.

네덜란드 암스테르담Amsterdam

도중에 유럽에서 제일 긴 다리인 무데크를 건너 네덜란드 제일 대도시인 암스테르담에 도착하였다. 정거장에는 위기 용용한 남녀 아이가 열을 지어 합창하고 지나는 것은 매우 유쾌하였다. 네덜란드는 凸감은 없고 凹요감이 있다. 평탄한 들판을 질주할 때 물 냄새가 나고 지면이 낮아진다. 천 같은 흐르는 물이 없고 호라 할진대 주위에 산이 보이지 않고 바다도 아니나 사방에 산이 보이고 풍차는 고색창연하게 신선한 것이 있어 아무리 보아도 염증이 아니 난다.

프랑스식 벨기에, 독일식 네덜란드라 한다. 화폐도 양국들 사이에 통용된다. 양 강국 사이에 있는 양 소국이야말로 행복이라 할까 불행이라 할까. 호텔은 아침밥을 끼워 일일분으로 치는 것은 다른 유럽 풍속과 다르다.

다른 곳은 먼저 육지가 있고 그중에 천도 있고 호수도 있으나 이곳은 먼저 물이 있고 다음에 육지가 있으며 거기 사람이 사는 것 같은 감이 생긴다. 대부분은 물 가운데 배에서 산다.

물이 언덕 위에 닿을 듯한 운하가 이리 돌아가도 가로 흐르고 저리 둘러가도 시로 흘러 이 운하에서 저 운하로 지나가는 배를 위하여 인도교마다 높고 둥근 모양이 되어 있어 굴곡이 매우 심하다. 시중에는 바늘 꽂아놓은 듯한 돛대로 이편에서 저편 길 사람이 잘 보이지 않는다. 그 캐널 위에는 큰 배도 많이 있거니와 조선의 개량 신 같은 작은 배가 무수히 많은 사람을 실어 옮기고 있다.
운하 언덕 위에는 퇴색한 고대 건물이 형형으로 서 있어 마치 건축 표본처 같았고 그것은 좁은 운하 위에 꺾이어 비치는 것은 또한 아름다운 경관이었다.

암스테르담 미술관

미술관의 규모가 비교적 컸으며 작품 중에는 루벤스, 반다이크 작이 많았고 프랑스 인상파 화가들의 작품도 적지 않았다. 더욱이 주목할 것은 수채화 중에 유명한 것이 많았다. 비교적 소품이 많았고 펜화, 에칭화, 파스텔 그림이 적지 않았다.

마르켄Marken 구경

다음 날 아침에는 유람선 손님이 되어 네덜란드 고대 풍속이 아직 그대로 있다는 곳 마르켄 섬을 향하여 떠났다.
배가 좁은 운하를 지나 바다 쪽으로 향할 때 폐문하였던 인도교를 열고 지나는 광경도 좋거니와 물색이 흑색이오, 운하 좌우 언덕은 녹색 잔디가 일면에 깔리고 붉은색 연와제 농가가 곳곳에 있고 목축지에는 검은 소가 목을 길게 늘이며 풀을 뜯고 계선을 늘여놓은 것 같은 물길이 얼마나 아름다우랴. 정말로 남화파의 일대 극치를 겸한 일폭의 화면이었다. 수면보다 높은 것은 보통 상상 못 할 사실이었다. 선상에서 야원을 볼 때는 야원이 훨씬 낮아 보이고 물이 넘칠 듯한 위기감을 느끼게 된다.

암스테르담 명물로 유명한 체스를 여기서 만든다. 그 공장을 구경하였다. 중도에서 내려 1420년 건물로 남아 있는 교회당을 구경하였다.

배가 마르켄 섬에 도착하니 우리가 그림 중에서 흔히 보든 실물 즉, 흰 고깔을 쓰고 허리를 잘록 매고 치마를 넓게 입고 나막신 신은 소녀들과 붉은 저고리를 짧게 단추를 많이 달아 입고 통이 넓은 검은색 바지에 두 손을 찌르고 덜걱덜걱 나막신 소리를 내는 소년 무리가 마중 나와 사진을 박으라고 성화하고, 사진을 찍은 다음에는 손을 내밀어 돈을 청구하여서 돌아서서 비교하며 삐죽삐죽하거나 좋아라 야단이다. 풍속을 보이는 것이 상업적이었고 영국과 미국인들이 다니며 버릇을 가르친 것이었다. 그들의 생활제도는 극히 원시적이었고 매우 누취하였다. 방의 창문은 고대 목창이 그대로 있고 침대는 골방에 널찍이 침상을 해놓고 문을 닫게 되었다.
석양에 돌아올 때 흰 갈매기 떼는 육지와 가까운 것을 알리고 언덕 위로 각국 국가의 노래를 불러 들리는 것은 또한 상쾌하였다.

헤이그Hague

헤이그는 네덜란드의 수도이거니와 조선 사람으로 잊지 못할 기억을 가진 만국평화회의가 있던 곳이다. 1918년 헤이그에서 개최된 만국평화회의에 출석하였던 이준 씨가 당회 석상에서 분사한 곳이다. 이상한 고동이 생기며 그의 외로움이 있어 우리를 만나 함루하는 것 같은 감이 생겼다. 그의 산소를 물었으나 알바 없어 찾지 못하고 다만 경성에 계신 그의 부인과 딸에게 엽서를 기념으로 보냈을 뿐이다.

다음날은 불행이 일요일이라 다 폐문을 해서 다만 입구 자로 된 유명한 평화 회의당 마당을 거닐고 국제재판소 간판만 쳐다보고 왔다.

헤이그 미술관

17세기 네덜란드 천재 화가 프란스 할스와 렘브란트의 걸작을 아니 찾을 수 없었다. 17세기 각국 천재 화가들은 이태리에 운집하였으나 렘브란트만은 철통같이 자기 독특한 특징으로 세계적 초상화가가 되고 말았다. 그의 작품은 유럽 각국 미술관이 없는 곳이 없으나 이 헤이그 미술관에는 그의 걸작 중 하나인 「해부학교」가 있다. 의사가 가위를 들고 해부를 하려고 할 때 주위에 서 있는 연구자들은 각각 공포심과 우려를 가지고 있는 순간을 그린 대폭의 그림이다.

밤에는 댄스홀에 구경 갔었다. 남녀가 모두 가장하고 댄스를 하는 구경은 장관이었다.

다음 날에는 해수욕장으로 갔다. 모래 위에 설비해 놓은 해수욕 바락구와 물 가운데 있는 음악당 어디를 보든지 단아한 맛이 있다.

오후에 헤이그를 떠나 파리로 향하였다. 산도 언덕도 없는 목축지 많은 네덜란드 농촌으로 돌 때는 원형이오, 설 때는 십자형인 수차장이 곳곳에 보이고 계선의 흐르는 물은 논 언덕 경계선을 지어 이리로 저리로 얽매여 있다. 얼마나 평화스러운 나라인가.

오래 두고 보아야 화려한

꽃의 파리행

오래오래 두고 보아야 화려한 파리를 조금씩 알 수 있다. 화가가 있어야만 할 파리요, 파리는 화가를 불러온다. 화가뿐 아니라 가난한 사람이거나 부자거나 유쾌하게 놀 수 있고 나이를 먹었거나 말거나 어린이같이 노는 파리를 누가 아니 그리워 하리요.

드디어 파리

파리라면 누구든지 화려한 곳으로 연상한다. 그러나 파리에 처음 도착하면 누구든지 예상 밖이라 놀라지 않을 수 없다. 우선 공기가 어두침침한 것과 여자의 의복이 검은색을 많이 사용한 것을 볼 때 첫인상은 화려하지 않았다. 사실은 오래오래 두고 보아야 화려한 파리를 조금씩 알 수 있다.

도로의 설비

파리는 에투왈Etoile을 중심으로 별과 같이 길이 뻗어 있다. 그리고 건물이 삼각형으로 되어 자못 아름답다. 길모퉁이 집 벽에는 반드시 동리 지명이 쓰여 있어 길 찾기는 쉬우나 누구나 한 발자국만 잘못 디디면 방향이 전혀 달라진다. 어디를 가든지 도로 좌우편에는 가로수가 있고 중앙 차도는 목침만 한 나무가 모양 있게 깔려 있다. 도로 좌우에 인도가 있고 거기에는 매 칸에 하나씩 수도가 있어 아침마다 물을 뽑아 길을 씻어내려 유리같이 되어 있다. 중앙에는 반드시 역사적 인물의 동상, 금상, 혹은 신상 분수가 있어 중심점을 취한 것이 그림의 구도와 같다.

파리의 공원

불로뉴Boulogne 숲과 뤽상부르 공원, 루브르 정원 외 시가지 중앙에 설비된 공원이다. 언덕에서 보면 파리 시가는 삼림 속에 쌓여 있다. 공원 내에는 놀기 좋은 못이 있고 분수가 있고 경마장이 있고 각색 유희기구가 있어 오후가 되면 남녀가 많으며, 여자들은 어린이들을 데리고 바느질감을 가지고 와서 놀다가 돌아가는 것이 상례가 되어 있다.

뤽상부르 공원에는 역대 유명한 황후와 여 시인들의 조각이 나열해 있으며, 유명한 남녀 나체의 조각이 많으며 그 조각 형상 여부에 따라 화단을 만들어놓아 마치 미술관을 배회하는 감이 생긴다.

교통수단

시가에는 전차, 버스, 택시가 있어 무시로 통행하며 전차에는 아라비아 숫자가 쓰여 있어 넘버만 찾아 타면 편리하고, 택시에는 미터기가 있어 말이 통하지 못하더라도 미터기에 나온 숫자대로 돈을 주게 된다.

시외에는 기차만 한 전차가 있어 일요일 같은 때는 만원이 되거니와 파리에 유명한 것은 메트로다. 땅 밑 4층으로 차가 놓여 있을 뿐 아니라 일선은 센 강 밑으로 다닌다는 말을 들으면 누구든지 곧이듣지 않을 것이다. 지하철 정류장마다 사기 조각으로 쌓은 원형은 깨끗하고 땅속 길이 찾을 수 없이 복잡하게 되었다. 1선(9전)만 내면 파리 시내 어느 곳을 막론하고 쏜살같이 태워다 주며 지하철은 메트로폴리스 회사가 경영하는 선과 놀슈드사에서 경영하는 선도 있다. 메트로선 차는 브라운 색이고 놀슈드선 차는 그린 색으로 분간할 수 있다.

오락 기관

파리 시내에 있는 무수한 극장, 활동사진관은 화려하고 노골적이요, 배경, 색채, 인물, 의상이 모두 예술적인 것으로 세계에 자랑하는 바이다. 저명한 극장으로는 오페라 희극장, 코미디 프랑세즈, 국립극장 오데옹, 카지노 파리, 물랑루즈, 부프 파리지앵이요, 활동사진관으로는 고몽 팔레가 제일 크다.

하루는 물랑루즈에 구경 갔었다. 나체의 한 여자가 은계의 옷과 청록 의상으로 뛰어나와 경쾌하게 춤을 추고 우의를 두르고 붉은 새털을 머리에 꽂고 금색 구슬을 번쩍이는 여신의 군상들이 좌우 2인씩 엉덩이를 흔들며 노래를 부르면서 나온다. 장면은 7색, 5색, 금색 원피스, 은색 원피스 의상이 황홀하며 상의는 얼굴을 파묻고 바지는 땅을 덮고, 길게 늘인 털 부채, 장난감 같은 조그마한 우산을 휘두르며 좌우에 갈라 서 있고 중앙의 여신은 타조 털 부채를 휘두르며 근육적이요, 진기한 예술적인 춤을 추고 동시에 군상은 방울 달리 작은 북을 흔들며 응하면서 춤을 춘다. 나는 이 그리스식 육체미에 취하지 않을 수 없으며 또 이 시대 동판화의 영향을 많이 받은 원근법과 색채와 초점을 취한 구도법에 눈이 아니 뜨일 수 없었다.

활동사진관 고몽 팔레를 찾아갔다. 바닥은 전부 자색 우단이 깔려 있고 천정은 금색 조각이 찬란하고 간간이 막 14색에 비추는 오르간이 땅속에서 솟아오르며 좌우 벽에 달린 파이프 오르간으로는 갖은 음곡이 새어 나와 관객의 몸을 싸고돈다.

오락 기관이 많기로 유명한 곳은 몽마르트르라는 곳이다. 이 곳을 가보면 환락의 파리 기분을 충분히 맛볼 수 있다. 루이 왕조로부터 교양을 쌓은 예술적 분위기가 보편적이다. 조금도 비열함이 없고 미술적 감흥이 있어 유쾌하다. 경쾌한 미인들이 끊임없이 오가는 이곳을 보면 파리는 화려한 곳이라고 아니라고 할 수 없다.

노트르담 대성당

노트르담은 19세기 초 건물로 정면은 클래식과 후면은 브라만테식, 로마식, 고딕식의 르네상스 대표적 건물이요, 미술사상에도 유명할 뿐 아니라 빅토르위고가 그 옥상에서 「레 미제라블(1862)」을 썼다는 곳이다.

이 건물을 중심으로 센 강이 흘러 있어 섬이 되어 있다. 원래는 파리라는 곳이 이곳뿐이었다고 한다. 이 성당에는 부호가 귀족들의 교인이 많고 대대 사제들이 사용하던 보물과 나폴레옹 및 왕비 조제핀의 조도품과 장식품을 전시해 놓았다.

파리 구경

팡테옹은 뤽상부르 공원 앞에 있는 신 그리스식 건물이다. 여기는 국가의 공훈이 많은 위인이나 세계적 문호가, 정객들의 시체를 장사하는 공동묘지이니 여기 들어가는 사람은 대개 국장이요, 당시 대통령이 시체를 옮겨 놓는다. 여기 무덤 중 중요한 인물은 사회철학가 장 자크 루소, 작가 빅토르 위고,

정치가 카루소, 정치가 겸 웅변객 장 조레스, 문학가 볼테르 및 에밀 졸라가 있다.

에펠탑은 전부 동으로 만든 탑으로 에펠이란 사람이 설계하였다 하여 그 이름을 취하였다. 1900년 만국박람회 시 세운 것으로 높이가 300m 가는 세계 제일가는 탑이다. 엘리베이터로 올라서 보면 파리 전경이 회색으로 보이고 센 강이 가는 띠와 같고, 파리 808가가 다 보인다. 아래는 한 면이 공원이 되어 있고 파리 어느 곳에서든지 이 탑이 아니 보이는 곳이 없다.

앵발리드는 성치 못하다는 의미로 전쟁 시 다친 사람을 위하여 루이 14세 말기에 건축한 것이다. 옥상은 궁륭이요, 나폴레옹 묘는 건물 중앙지하실 한층 깊게 거대한 적흑색 대리석의 뚜껑이 덮여 있고, 내부에는 종교화, 영웅화가 있으며 비석에는 나폴레옹의 유서가 쓰여 있다. "내가 사후에 파리 중앙에 묻히기 소원하니 이는 내가 사랑하는 프랑스와 프랑스인을 떠나지 않으려 함이라."하였다. 전후좌우에는 시녀 선녀들의 조각이 둘러싸여 있다.

한편 이층에는 진열관이 있어서 역대의 군기와 전쟁 때 사용하던 무수히 찢어진 국기가 많이 있다. 거기에는 우리가 숭배해 오는 잔 다르크의 승마 동상이 있었다.

파리의 박물관 및 미술관

파리에는 무수한 박물관이 있으니 고대품 진열관으로는 클리니 뮤지엄이 있고 근대품 진열관으로는 루브르 박물관이 있고 고대 미술관으로는 루브르 미술관이 있고 근대 미술관으로는 뤽상부르 미술관이 있으며 조각으로는 로댕 뮤지엄이 있다.

루브르 박물관은 루브르궁전이니 센 강변에 있어 콩코르드와 개선문을 앞에 둔 세계 제일 화려한 곳이다. 이 궁전은 1204년 필리프 오귀스트 왕이 건설하고 그 후 샤를 5세가 증축하였다가 다시 프랑수아 1세가 르네상스식 궁전으로 개축한 것이다. 이 박물관 중 미술관부가 유명하다.
따뜻한 봄날 아지랑이가 끼었을 때 루브르궁전 정원 주위에 화단을 돌아 여신상 분수에 발을 멈추고 역대 인물 조각을 쳐다보며 좌우에 우거진 삼림 사이로 소요하면 이것이야말로 별유천지비인간(別有天地非人間)이다.

일요일에 밀리는 군중 사이에 끼어 루브르 미술관을 찾았다. 거울과 같이 비추는 대리석 바닥 위로 걸어가면 좌우에는 조각을 나열해 놓았으니 그 중 저명한 것은 「밀로의 비너스」, 「승리의 여신」, 「아그리파상」, 「옥타비오 흉상」, 「카라칼라제 흉상」이 있다. 계단 위 정면에서 첫인사를 받는 동체 그리스 여신은 아름다움이 절정에 달하였다. 회화 제1실로부터 차례로 보려면 그리스, 이탈리아, 네덜란드, 스페인, 프랑스 각 실이 있다. 그 수가 1천여 점에 달하나 그 중 저명한 것은 치마부에와 조토의 「마돈나」, 다빈치의 「안나반나」, 라파엘로의 「성모」, 「성가정」, 코로의 「봄」, 티치아노의 「주피터」, 「여자와 면(免)」, 「성 요한의 세례」, 루이니의 「살로메」, 반다이크의 「찰스 1세」가 있어 관객들이 머리를 숙이게 된다. 루벤스실을 거쳐 2층 별실로 갔다. 여기는 대개 19세기 인상파 대표적 작품이 2실에 진열하여 있다. 세잔의 걸작 중 하나인 「능금」과 「카루다노룸」, 모네의 「인상」, 시슬리, 데갈 드 마네의 작품이 3개씩 있다. 지하실로 내려가면 조각이 수천 개 나열해 있다. 물론 그리스, 이탈리아에서 가져온 것이 많았다.

클리니 박물관은 내가 머물고 있던 호텔 근처였다. 담 한쪽만 남고 기와지붕 한 귀퉁이만 남은 천 년 전 건물 궁전에 있다. 여기 13세기 물품을 진열해 놓았으며 대개 프랑스 물품이 많고 유명한 것은 「여자의 허리띠」니, 이것은 여자 음문에 정을 끼우는 모형 정조대이다. 전쟁 시에 남자가 출전 후 여자의 품행이 부정하므로 출전 시 쇠를 잠그고 간다.
정원에는 당시 꾸며 놓았던 조각이 혹은 퇴색하고 혹은 팔 떨어지고 다리 부러 지고 코가 일그러진 것이 여기 즐비했으며 당시 궁전 목욕탕이었던 장소에는 푸른 이끼가 끼어 자못 옛날을 추억하게 된다.

뤽상부르 미술관은 뤽상부르 공원 안에 있다. 출입문 전에는 좌우로 조각이 있고 진열관 내부 낭하에는 통행로만 남겨 놓고 백색, 흑색, 황색의 대리석 석고, 화강암의 여신, 남신, 유아체가 진열해 있어 어느 것을 먼저 보아야 좋을지 눈이 황홀해진다. 10실로 된 회화를 보기 시작한다. 19세기로 20세기 명작을 진열해 놓았다. 인상파의 삼대조 세잔, 고호, 고갱의 그림이 많이 있고 모네, 마네, 피사로, 시슬리, 뇌반 등의 명작이며, 20세기 화가로는 블라맹크 위트릴로, 아슬란 등 다 각각 그림의 특색이 보인다. 살롱 미술 전람회에서 추천, 특선 혹 수상을 하면 곧 국보가 되어 뤽상부르에 들어가고 여기서 10년이 되면 루브르로 옮겨 가게 된다.

예술 사상에 가치 있는 사원

생드니 사원 앞에 광장이 있어 고색창연한 사원 전체를 볼 수 있다. 이것을 역사상으로 참고하건대 로마네스크풍의 성당 건축이 고전주의식으로 변천하는 제1단계에 있는 미술 사상 진귀한 것이다. 전면 시탑은 고딕식 특징을 차용해 있고 사원 실내는 무거운 기둥과 작은 창이 있어 조그마한 광선으로 겨우 앞을 분간케 된다.

생테티엔 성당은 판테옹 왼쪽 배후에 있는 사원이다. 이것은 1517년부터 41년까지 지은 고딕식 삼각형 건물이다. 입구 장식은 르네상스식이오, 내부는 창이나 천정이나 궁륭형 고딕식으로 되어 있어 생각과 형상이 모순된 이양식으로 동일 건축에 채용한 것이다.

생쉴피스 사원은 17세기에 레브라는 사람이 설계한 것으로 그 후 18세기에 플로렌스 건축가가 다시 설계하였다. 전면은 상하 양쪽으로 분절해 있고 내부 오른쪽 채플에는 들라크루아의 벽화가 있다.

마들렌 사원은 나폴레옹 제1세가 승리한 의미로 건설한 그리스식 건물이다. 내부는 컴컴하나 거기에 있는 풍금은 파리에서 제일가는 것이라 하며 유명한 조각과 회화를 치장해 놓고 사원 외부 주위에는 유명한 사람의 초상 조각이 있다.

아카데미 프랑세즈

본래 사교계에 유명하든 마담 데 레 가미에가 중심이 되어 당시 각파의 쟁투가 있던 것을 융화시키고 40명 회원제로 조직이 되었다. 현재 프랑스 고등 지식 계급상 대 세력을 점하여 이 아카데미에서 프랑스 사전을 만들어 내고 프랑스 말의 검증을 한다.

에투왈

상젤리제를 일직선으로 가면 에투왈 즉 개선문이 있으니 불어에 별(星)이란 의미다. 나폴레옹 1세가 1805년 전쟁에서 승리한 기념으로 세운 것이다. 이 에투왈을 중심하고 파리 시내는 12광로로 방사되어 올라가 보면 참 아름답다. 전후에는 전시 상황이 조각해 있고 아래는 구주 전쟁 시 무명 전사임을 위하여 향로가 되어 있다.

콩코르드 광장

콩코르드는 세계에 제일 화려한 광장이다. 우리가 흔히 듣던 불야성이다. 여기 루이 16세의 단두대가 있고, 중앙에는 나폴레옹이 이집트에서 가져온 오벨리스크가 하늘을 자를 듯이 서 있다. 검은 동으로 만들어진 여신들이 받치고 있는 분수가 있고, 주위에는 마들렌 사원이 있으며, 오른쪽으론 루브르 궁전이 보이고 왼쪽으론 개선문이 보인다. 샹젤리제 통은 자동차가 끊임없이 왕래하여 직물과 같이 혼잡한 것이 그 아름다움이 극에 달하였다. 어느 것 하나라도 루이 왕조의 영향이 없는 것이 없다.

그랑 팔레와 프리 팔레

금색 여신이 중천에 떠 있어 행인의 존경을 받는 알렉산드 3세교를 건너가면 1900년 만국 박람회 때 건설한 그랑 팔레와 프티 팔레 두 큰 건물을 보게 된다. 이 두 건물에는 쉴 새 없이 각종 전람회가 개최되고 그랑 팔레에는 봄과 가을에 개최되는 미술 전람회가 있어 수만 명의 화가와 관람객의 발길이 닫고 있다.

다방

파리 시내에는 한 집 건너 카페가 있다. 피곤한 몸을 쉬일 때, 머리를 쉬일 때, 이 카페에 들어가 차 한 잔을 따라 놓고 반나절이라도 소일할 수 있으니 혹 밀회 장소로도 이용하고 책을 읽거나 편지를 쓰거나 친구와 이야기하거나 사교 장소처럼 되어 있다.

일반 유럽인의 성격은 활동적이어서 한시라도 가만히 있지 못하고 또 곁에 사람 없이는 못 견뎌 한다. 파리에서 제일 큰 다방은 라꾸불 카페와 카페 톰이 있으니 밤에 가보면 인종 전람회와 같이 모여들어 장관이며 카페 톰은 화가가 많은 몽마르트르에 있어 늘 만원이다.

댄싱 홀

댄싱 홀은 무수히 많을 뿐 아니라 웬만한 레스토랑에서도 저녁밥을 먹고 의례 한 번씩 춤을 추고 간다. 여자들의 걸음걸이까지도 댄싱 하는 것 같다는 말도 있거니와 하인이라고 댄싱하지 못하는 사람이 없다. 차 한 잔만 사 들고 앉으면 남들 추는 춤은 실컷 토록 볼 수 있고 자기도 마음대로 출 수가 있다. 또한 춤을 추면 유쾌하고도 체격이 좋아지는 것 아닌가 한다.

백화점

백화점은 곳곳에 무수히 많으나 가장 유명한 것은 마가잔 루브르, 갈르리 라파예트, 프랭탕, 봉 마르쉐이가 있어 각각 특색을 가지고 있다.

파리인은 경쾌하고 기민하며 코즈모폴리탄이다. 여름에는 피서 가는 사람, 문을 닫고 향수를 뿌리고 소설이나 보고 낮잠자는 사람도 있다. 프랑스 수목은 가지가 꼿꼿하여 굴곡이 없다. 이는 조선과 같이 황풍이 없는 까닭이다. 위도가 한 대 가까이 있는 연고인지 나뭇잎이 선록하고 온화하여 해충이 없다.

본래 프랑스는 중앙 집권의 나라로 일국의 번화한 문명에 집중되어 파리를 제하고는 국내 변변한 도시가 없다. 파리에서 한 발만 나가면 빈약하고 풍경이 스산하니 건전한 문명, 건전한 국가라고 말할 수 없다. 오직 물가가 싸고 인심이 평등 자유로우며 시설이 화려함으로 모여드는 외국인의 향락장이다. 나체미는 오직 조각뿐 아니라 우표, 지폐, 금전까지도 있다. 프랑스 국기가 자유(백색), 평등(청색), 박애(적색)와 같이 파리의 공기는 이 세 가지가 충만하였다.

베르사유 궁전

베르사유 궁전은 붉은 대리석 기둥, 그리스풍 회곽, 삼림, 분수, 화원, 석상, 왕조 유물실이 있다. 루이 14세 시대는 예술이 융성한 시대이었을 뿐 아니라 그 예술적 혼은 프랑스인의 뼛속까지 박혀 있다.

2억 수천만 원으로 건설된 이 화려한 궁전이 지금은 공개 되어 있다. 내부의 장식에는 독일, 네덜란드, 에스파냐에 대한 승리의 의미를 포함하고 루이 14세를 민족의 지도자, 예술과 과학의 보호자로 추앙하였다. 그중에 거울의 방은 유명한 곳이다.

1783년에 북미 합중국 독립 조인을 하고, 18세기 프랑스 혁명 시 공화 조약을 하고, 1871년 보불전쟁 후 부르샤 왕 윌리암

제1세가 독일 연합 통일을 완성하여 즉위식을 행하였고 구주대전 이후 1919년에 강화 조약도 여기서 맺었다.

페르 라셰즈 공동묘지

11월 1일에 구경 갔다.
대통령 펠릭스 포르 묘지가 있고 정면에는 객사한 시체들의 조각이 있고 화장하는 사람은 벽에다 재를 집어넣고 이름을 써 놓았다. 수만 군중이 오고 또 가고 그 얼굴에는 눈물의 흔적이 보인다.

다정하고 실질적인 프랑스 부인의 가정생활

내가 프랑스 파리에 있을 때 마침 고우 선생이 와 계셔서 유력한 사람의 소개로 한 사람을 데리고, 나와 3인이 시외 기차를 타고 약소국민회 부회장 샬레 씨 댁을 찾아갔다. 그곳은 경성서 영등포 갈 만한 거리의 별장 많은 곳이었다. 샬레 씨 집도 샬레 씨 장인이 돌아갈 때 준 별장이라 한다. 대문에서 줄을 잡아당기니 미리 약속한 터라 샬레 씨가 친히 나와 문을 열어 주었다. 문을 들어서니 좌우로 수목이 울창하고 잔디 위에는 갖은 꽃이 다 피어 있고 개소리, 닭소리가 났다.

단아한 양옥집, 문을 열고 들어서니 수수하고도 점잖은 부인이 마중을 나와 책이 산길이 쌓이고 갖은 골동품, 각국 국기를 모아놓은 서재로 인도했다. 양씨 사이에 정담이 있은 후 샬레 씨는 일본에 두 번 갔다 온 감상 중 벚꽃과 일본 여자의 자태가 좋더란 말, 조선에 한 번 갔다 온 감상 중 칼춤 추는 것을 볼 때 칼같이 무서운 물건을 춤으로 예술화한 것은 그만큼 조선 민족이 선량하고 평화스러운 것을 알겠다 하는 말을 재미있게 들었다. 샬레 씨는 특히 조선에 호감이 있었고 동경을 가지고 있었으며 1919년 사변을 잘 알고 있었다.

부인은 프랑스 여자참정권운동회 회원으로 가정에 충실한 현모양처요, 사회상 견실한 활동가다. 이날 이후 다시 한번 갔을 때 프랑스 가정에 가 있기를 원하였더니 두말 아니하고 자기 집에 와 있으라고 하였다. 나는 기뻐서 곧 이사하였다. 이때 남편은 독일 베를린에 가 있을 때다. 이래 3개월 동안 샬레 씨 가족과 기거, 식사를 같이하게 되었다. 이 집 가족은 50여 세 된 샬레 씨, 40여 세 된 부인, 18세, 16세 된 딸, 7세 된 아들, 나, 여섯 식구다. 집은 목재로 실용적이다. 아래층은 서재 겸 응접실과 식당이 있고, 살레 씨가 여행 중에 수집한 남양 산물을 주렁주렁 매달아 놓은 2층에 올라가려면 내 방이 있고, 딸의 방이 있고, 부부 방이 있으며, 목욕실, 화장실이 있다. 3층에는 재봉실이 있고, 유아실이 있어 벽, 의자, 책상, 책장 모두가 진홍색으로 꾸미어 색 교육을 하고 있다. 아침이면 딸들이 먼저 일어나 보리죽과 차를 갖다주면 자리 속에서 먹고 나서 세수를 하고 샬레 씨는 회장 혹 학교로, 부인은 자기 사무소로, 딸들은 중학교로, 나는 연구소로 나가면 종일 집은 7세 된 남아와 개가 보고 있다. 저녁때 돌아오면 개가 먼저 짖고 어린애가 3층에서 들창문을 열고 "누구요?" 하는 것은 과연 사랑스럽다. 점심은 보통 날은 도시락을 싸서 가고 일요일이나 휴일은 여 가정부가 자전거를 타고 와서 해만 주고 뒤도 안 돌아보고 달아난다.

저녁 밥상에는 가족이 늘어앉는다. 내 자리는 언제든지 주빈석, 샬레 씨 오른편에 앉았다. 샬레 씨는 친절하게, "마담 김, 오늘 그림 잘되었습니까?" 하면 부인은 얼른, "그럼요, 오늘 그려왔는데 썩 잘 되었던걸요. 비시에르의 영향을 많이 받았겠지요." 이렇게 화제가 시작되면 남편은 친구들과 지내던 이야기, 부인은 동무들과 일하던 이야기, 딸들은 길에서 보던 이야기를 손짓, 발짓, 코짓, 눈짓하며 흉내를 내면 가족들은 허리가 부러지도록 웃고, 내 서투른 불어로 동문서답할 때면 깔깔 웃는다. 이럴 때마다 샬레 씨는 내가 무안해 할까 봐 시치미 딱 떼고 눈을 내리뜨고 웃음을 참고 있다. 지금도 그 생각을 하면서 때때로 웃을 때가 있다. 저녁밥 후에는 정원으로 산보도 하고 피아노를 치고 춤을 추기도 한다. 나도 주인이나 부인과 짝하여 춤을 추고 좋아하면 주인 부부는 퍽 좋아했다. 또는 라디오를 듣기도 하다가 부인이 시계를 보고 "시간이다." 하면 딸들과 나와 아들은 주인 부부에게 키스로 인사하고 다 각각 방으로 돌아가고 부부는 서재에 남아 있다. 하룻

저녁은 궁금하기에 부엌에 물을 떠먹으러 가는 체하고 서서 보았다. 부부는 비둘기 같이 붙어 앉아서 무슨 이야기를 그렇게 속삭거리는지 깨가 쏟아질 듯하였다. 그날 지낸 일을 서로 고해바치는 것 같다. 그들 앞에는 그날 신문의 여러 가지가 놓여 있다.

이처럼 어디로 보든지 화락한 가정이었다. 특별히 부인의 가정생활을 보면 아양보양하고 앙실방실하고 오밀조밀하고 알뜰살뜰한 프랑스 부인 중에 점잖고 수수하고 침착하고 어딘지 모르게 매력을 가진 부인이다. 강약이 겸비하여 물 샐 틈 없이 규모가 꼭 째이게 살림살이를 하고 염증이 나지 않고 신산스럽지 않은 생활이 예술이 되고 말았다. 남편에게 다정스럽게 구는 데는 감복하지 않을 수 없고, 더욱이 가품이 학자의 생활인만큼 검소하고 독립적이라 주인 이하 어린이까지 세숫물도 자기가 떠다 하고 밥 먹고 난 그릇까지 다 각각 부엌에 내다 놓는다. 때때로 연극, 오페라, 시네마 초대장이 오면 개에게 집 잘 보라고 부탁하고 문을 닫아걸고 구경을 하러 간다. 구경을 다 하고 오다가 카페에 들어가 차나 음식을 먹고 돌아온다. 어린이는 좋아서 껑충껑충 뛰면 어머니는 그 뺨에 키스하고 아버지는 빙그레 웃으며 내 옆으로 와서 가만히, "조선 어린이들도 저렇지요." 한다. 나는 떠듬떠듬 하는 말로 "예, 꼭 같습니다." 하고 깔깔 웃었다. 딸들은 컴컴한 길가에서 지금 본 연극을 흉내 내며 서로 붙잡고 춤을 춘다. 샬레 씨는 손뼉을 치며, "잘한다, 잘한다." 한다. 이같이 이 가정의 공기는 언제든지 명랑하고 유쾌하다.

부인의 사회생활을 잠깐 보면, 부인은 매달 잡지 신문에 기고할 뿐 아니라 여자 참정권에 대한 책도 저술하였다. 그 신문 잡지에 사인한 것만 보고 감복하였을 뿐이요, 내용을 읽을 줄 모른 것이 큰 유감이었다. 부인은 집회 연회에 자주 출입했는데 야회복을 입고 나서는 반드시 내 방에 와서, "내 모양이 어떻소?" 하고 옆으로 살짝 돌아서며 애교를 부린다. 연회는 반드시 부부 동행이며 돌아올 때는 우스운 장난감을 사와서 식탁에 놓고 가족들을 웃긴다. 이론 캐기 좋아하는 내가 만일 언어를 능통하다면 소득이 높았을 것이나 못한 것이 큰 유감이다.

끝으로 자녀 교육에 대해 말하면, 대개 파리 여자들의 의복은

값싼 감으로 아이를 묘하게 하여 입히니 그 고안에는 놀라지 않을 수 없다. 이 집 딸들도 일요일에는 마룻바닥에 의복감을 펴 놓고 외투를 지어 입고 나선다든지 모자를 만들어 쓰고 나서면 어느 상점에서 사 온 것보다 나았다. 파리 여자는 우선 자기가 생긴 모양을 알아서 제 체격, 제 얼굴과 조화 있게 해 입어도 사람 그것이 즉 예술품인 것은 루이 14세의 진수가 프랑스 국민성에 꼭 박혀 있게 된 것이다.

어린 아들과 동갑인 여아가 옆집에 있다. 아이들 노는 것을 가보니 울타리를 뚫고 자리를 펴고 이쪽 아이는 이쪽에서 저쪽 아이는 저편에 앉아 손과 입이 왔다 갔다 할 뿐인 것을 볼 때 과연 가정 내 도덕교육이 심한 것을 알겠다. 이 남자아이는 내년 봄이 고등소학교 입학기라 하여 그 준비로 매일 한 시간씩 어머니가 국어 독본을 가르치는데 옆집 여아도 같이 배운다. 시간이 되면 반드시 정문으로 돌아와서 반드시 정식으로 인사하는 것을 볼 때 이상해 보인다. 그리고 남자아이는 어렸을 때부터 남자란 관념을 넣어주어 아침 밥상을 볼 때, 식기를 나눠 놓는 것, 딸들이 식기를 씻으면 행주질하는 것, 추운 아침에도 계단 걸레질을 하게 한다.

그리고 가축은 개, 닭, 토끼, 고양이 등이니 부인은 아침마다 일어나는 대로 모이를 주고 쓰다듬고 키스하고 병이 나면 안타깝게 어루만진다. 지금도 1년에 한 번씩 연하장을 하여 안부를 알고 이번에도 연하장이 길게 왔는데 한 번 조선 구경을 오겠다고 하였다.

프랑스 가정은 얼마나 다를까

파리 안에 약소국 민족을 위하야 세운 인권옹호회가 있다. 이 회에서 매년 1회 혹은 임시로 각국 대표자가 모여 약소 국민을 위하여 모임을 연다. 작년 12월에도 벨기에 수도 브뤼셀에서 개최되었다. 이 집 주인 샬레 씨는 이 회의 부회장이오, 이 삼개소 고등중학교 철학과 교수요, 유명한 작가이다. 일본에도 세 번이나 갔다 왔고 중국, 조선도 잘 안다. 더욱이 여러 가지 사건을 목격한 후, 조선을 많이 이해하는 친구가 되었다. 전에 샬레 씨는 어느 책에서 광화문을 헐었다는 것을 보고 그것에 대한 기사를 썼다 한다. 조선과 기타 기행문을 쓴 책이 학교 교과서로 사용할 만큼 유명하다고 한다.

〈집 설비〉

이 집은 생 라자르 역에서 전차로 25분 걸리는 파리와 가까운 시외로 별장처럼 유명한 레베지네라고 하는 곳에 있다. 시외이므로 수목이 많고 정원도 꽤 넓다.

정원에는 높은 고목이 군데군데 서 있고 푸른 잔디 위에는 하얀색 화초가 피어 있고 우거진 수풀과 덩굴 작약화, 월계화 등 꽃이 피어 있고, 그 옆에는 채소밭이 있어 딸기, 감자, 상추, 파, 콩이 심겨 있다. 또 한편 마당에는 토끼, 비둘기, 꿀벌을 기른다. 그리하여 꽃을 꺾어 방에 장식하고 채소 뜯어 반찬하고 가축을 잡아 재료로 쓴다. 외형 차림차림만 보아도 얼마나 재미있는지!

집은 작지만, 집에 들어서면 세계 일주하면서 사 온 각국의 물건이 없는 것이 없다. 중국, 조선, 일본, 그 외 인도, 영국 것을 벽에 걸어 놓고 장 속에 늘어놓고 탁자 위에 얹어 놓았다.

정문을 들어서서 문 하나만 열면 식당이다. 거기를 거쳐서 들어서면 주인의 서재 겸 응접실로 쓰는 비교적 넓은 방이 있다. 우선 눈에 번쩍 띄는 화덕 위 거울 주위를 꾸며 놓은 중국의 「武德(무덕) 壽福(수복) 來沙(내사)」라는 글자가 세워져 있고 방 주위에는 고문서를 위한 전시장에 남의 작품과 자기 작품으로 꽉꽉 찼다.

그리고 책상 위에는 편지가 산같이 쌓여 있다. 이 집 아이들은 각국 우표 모은 것이 금년 내로 이천 장이라 하는 대 이것이 다 너의 아버지에게서 얻은 것이냐고 물은즉 그렇다고 한다. 이것만 보아도 이 사람이 사교계에 얼마만 한 지위에 있는지를 알 것이다.

다시 나와서 식당을 거처 정문 맞은편으로 주방이 있다. 이층에는 부부 공동 침실, 목욕탕, 화장실이 있고, 삼층에는 두 딸의 방, 8세 된 아들 방이 따로따로 있다. 그러고 주인 부부의 방은 그럴듯하게 점잖게 차려있고 딸의 방은 산뜻하게, 아들의 방은 벽, 의자, 장 등의 색을 모두 붉은색과 여러 가지 색을 썼다. 색채 교육을 암시하였고, 그 외 동요, 동화, 잡지, 완구물이 잔뜩 늘어놓아 있다. 여기서 그 아이는 혼자 자고 자기 일은 자기가 다 한다.

〈가벌과 식구〉

프랑스에서 이 집의 사회적 지위가 어찌 되는지 상식을 얻지 못하여 확실히 모르겠으나 이 집은 본래 리온에서 있다 온 샬레 씨와 부인은 파리지앵이라 한다. 식구는 세 아들 부부 두 딸인데 성년 된 아들들은 영국에서 해항 회사와 전기 회사 직원으로 있으며 이 집 본식구 5인과 손님으로 나 하나뿐이다.

〈가정의 구성〉

이 집 뿐 아니라 여러 사람의 말을 종합하여 유럽 각국의 가정으로 보면 예외도 있겠지만 일반적으로 부부와 미성년자로 성립된다고 말할 수 있다. 그리하여 보호자와 피보호자의 가정이므로 개별로 의사가 충돌될 까닭이 없다.

남녀 모두 성년이 되면 자기 의사를 당당히 주장하고, 남자는 돈 벌 줄 알며 여자도 될 수 있으면 자립적으로 살아가며 그렇지 못하고 부모의 보호를 받는다고 하더라도 과한 간섭을 받지 않는다. 이 집 장녀도 20세 성년인데 사교계든지 손님을 맞이하는 태도가 18세 된 아이와는 딴판이다.

〈가풍〉

이 집 가풍은 꾸밈없이 수수하고 질서 있고 정신을 쓰는 이들인 만큼 조용한 것을 좋아한다. 그리고 주인과 아이까지 독립적이다. 자고 난 이불도 다 각각 치우고 먹고 난 그릇도 다 각각 들고 나간다. 의복, 모자도 다 각각 만들어 입는다. 8세 된 남자아이가 살림살이를 다 하다 싶을 정도로 아침저녁 때면 상보기, 누이들이 설거지하면 행주 치기, 아침에 일어나면 계단 걸레질하기, 식구들 다 나가면 집 보기, 과연 놀랄 만큼 제

할 일을 꼭꼭 하고 만다. 이처럼 어렸을 때부터 독립심을 양성하고 공짜로 먹고 놀 것이 아니라는 것을 가르친다. 그리고 밤에 잘 때나 아침에 일어나서 부부 내외와 입 맞추고 아이들이 부부에게 입 맞추며 잘 잤느냐, 잘 자거라 인사를 꼭꼭 한다. 물론 자는 시간, 일어나는 시간, 식사 시간은 일정한 시간이다. 아침은 자리 속에서 차와 빵으로 먹고, 점심은 토끼 잡고 계란 삶아서 포식하며 저녁은 남은 것을 가지고 그럭저럭 먹는다.

낮에는 다 각각 흩어져 있다가 저녁 밥 때면 식탁에 함께 앉아 종일 보고 듣고 한 것을 그대로 흉내 내며 웃긴다. 때로는 내가 잘못 알아듣고 딴전을 하면 주인 내외는 웃음을 참느라고 애를 쓰고 애들은 깔깔 웃는다. 라디오로 음악을 들으며 식사를 하고 식후에는 딸이 피아노를 치며 춤도 춘다. 오후 4시 차 시간 외에는 절대 간식이 없다. 때로는 가족 모두 연극 구경을 하러 간다.

〈주부의 권위〉

어느 나라든지 중상층과 상류층의 점잖은 집안은 주인 남자가 집안 살림살이에 간섭하지 않는 것은 예다. 이 집도 그러하여 주부의 권위가 있다. 아이들을 어머니가 꾸짖으면 남편은 슬슬 꾸짖으라며 말린다. 이 집 부인은 열렬한 여권 주장자요, 잡지에 기고를 많이 하고 늘 독서를 한다. 날마다 하는 일은 아침마다 가축에게 밥 주기와 편물, 재봉, 독서, 사교이다. 자식을 많이 기르고 살림을 오래 한 만큼 때때로 큰 소리가 날 때도 있다. 이는 동서양 여자를 막론하고 사람의 진을 빼는 살림살이를 겪은 여성에게는 피하지 못할 사실인가 한다.

이 집 주인은 50대가 되었으나 아직도 건장하고 부인은 다산한 만큼 늙었다. 부부 사이는 3시기가 있다고 한다. 청년기에는 정(情)으로 살고 중년기에는 예(禮)로 살고 노년기에는 의(義)로 산다고 한다. 이 부부는 의로 살 시기지만 아직 정으로 산다.

남편은 늘 부인의 낯을 엿보며 기쁘게 해주고 입 맞추기, 레스토랑 가기, 연극장 가기와 지방 연설하러 갈 때면 부인을 동반하여 가고, 일시라도 떨어지는 일이 없다. 아이들은 오히려 따로 둔다. 저녁식사 후에는 각각 밤 인사를 마치고 방으로 올라가고 부부만 서재에 남아 남편은 신문을 읽거나 부인은 그 옆에서 편물을 하고, 종일 지낸 일, 내일 할 일을 상의한다. 그리고는 자러 들어간다. 유럽인의 생활은 전혀 성적 생활이라고 볼 수 없다. 더구나 파리 같이 외적 자극과 유혹이 많은 곳에서. 이들의 내면을 보면 별별 비밀이 다 있겠지만 외면만은 일부일처주의로 서로 사랑하고 아끼는 것은 사실이다. 아무래도 자유스러운 곳에 참 사랑이 있는 듯싶다.

파리의 어머니날

파리 여자라면 사치나 하고 놀기나 잘하는 줄 알지만 그렇지 않다. 알뜰살뜰하게 오밀조밀하게 앙실방실하게 아양도양하게, 사접시를 깨뜨리게 깔깔대고 깨가 옥실옥실 쏟아지듯 속살거려, 사람 그것이 곧 그대로 예술품이어서 싫증이 없고 고통을 잊고 비애가 없는 그날그날 새 기분을 창작해 내는 파리 가정의 주부 생활이다.

이날은 어머니의 날이다. 내가 있던 집 어머니는 아침에 일찍 일어나더니 앵무새 울 듯, "좋은 날이다, 우리 가족."하며 남편과 자녀에게까지 뺨에 키스하고 생글생글 웃는다. 아침밥 후에 다 각각 먹은 그릇을 내다 놓으며, "아 맛있었다. 어머니 고마워요."한다.

남편은 약소국민회 회석으로, 딸 둘은 학교로, 나는 연구소로 나갔다. 늘 혼자 집 보고 있는 일곱 살 된 아들에게 큰 집을 부탁하고 어머니는 행렬에 참여하기 위하여 나간다. 연구소 밖에서는 와글와글하는 소리가 난다. 화필을 던지고 뛰어나가 보았다. 알록달록, 얼숭덜숭, 울긋불긋, 푸릇파릇한 모자, 옷, 넥타이, 목도리로 꾸민 늙은 부인, 젊은 부인, 예쁜 부인, 미운 부인, 키 작은 부인, 키 큰 부인, 다정스럽고도 한만스럽고 쾌활스럽고도 아담스러운, 있는 대로 말하고 마음껏 웃으며 한 걸음 두 걸음씩 걷는 대로 끊일 줄 모르는 이야기야말로 묵묵히 다니는 동양풍으로 보아 수다하다.

행렬은 샹젤리제를 통하여 개선문을 나서 불로뉴 숲으로 들어서 울창한 삼림 사이 넓고 푸른 잔디 위에 무려 수천 명의 엔젤은 범나비 놀 듯 뛰고, 눕고, 끼고, 안고, 제 흥대로 논다. 싼 보에서 혹 넣었던 주머니 속에서 포도주, 샌드위치, 비스킷, 캐러멜, 초콜릿을 펼쳐 놓고 너 먹어라 나 먹자 떼어주고 쪼개주고 나눠주고 부어주어 마음껏 다 먹은 후 행렬 앞에서 불고 오던 군악 소리 맞춰 서로 끼고 춤을 춘다. 노래를 부르고 콧노래를 내고 뺨을 짝짝 때리고 등허리를 툭툭 두드리고 팔뚝을 서로 꼬집어 흥껏 놀고 나니 황혼도 다 되었다. 단장 부인의 지휘를 따라 행렬은 다시 정리되자마자 산회를 고한다.

삼삼오오 짝을 지어 기차로, 지하차로, 택시로, 다 각각 스위트홈으로 향한다. 그들은 제각기 다 자기의 기쁜 날을 기념하기 위하여 어린 자녀들에게 줄 선물을 사러 상점을 갸웃갸웃한다. 우리 집주인 부인도 주렁주렁 무엇을 사 들고 들어오더니 집을 본 아들에게 키스하고, "내 사랑하는 아가, 수고했지?" 하며 한 봉지를 내어준다. 거기에는 빨간 옷 입은 대장인형이 들어 있었다. 남편에겐 고운 넥타이, 두 딸에겐 명주손수건, 내게는 작은 인형을 주었다. 그리고 키스를 하고 마치 열일곱 여덟 살 된 어린이같이 좋아하고 깔깔대고 참새같이 지저귄다.

이렇게 파리의 어머니날은 즐거움 속에서 지나간다.

지금도 기억되는 그날이다!

파리의 모델과 화가 생활

처음 파리에 와서 미술관이나 화상에 가서 그림을 보고 나면 너무 엄청나고 내 것은 너무 명색이 없어서 낙망이 된다. 마치 명태 알만한 뭉탱이가 있다면 대가의 그림은 그 뭉탱이만 하고 자기라는 것은 그중에 한 알만한 것을 느끼게 된다. 그리하여 화계의 상황과 요령을 배워 연구하려면 여간한 방황과 고심을 요한다. 그러는 동안에 1, 2년쯤은 지나가고 대개 자리를 좀 잡으려면 경우에 따라 돌아가게 된다. 요컨대 누구든지 파리에 와서는 한번 자기의 화법을 배워 웬만큼 자리 잡으려면 적어도 4, 5년 동안은 있어야 할 것이다.

〈그림 연구하는 방법〉

제1) 동양인으로 보면 일본제전에나 2과쯤 입선될 실력이면 아틀리에를 내서 모델을 임의의 포즈로 그리면서 간간 루브르 미술관이든지 화상 전람회로 다니며 좋은 점을 취하여 참고하는 것이다. 그리하여 그들은 쌀롱 출품 일본제전에 특선할 작품을 준비하고 있다.

제2) 자기 본래 가졌든 실력 여하는 불문하고 단시일간 파리 체재하는 동안 남의 눈에나 내 눈에 찰만한 것을 그리려고 하면 우선 자기가 제일 좋아하는 화법과 그 작가를 택한다. 그리하여 그 선생의 지도하는 연구소로 간다. 이리되면 임의 그 선생의 지도대로 필법을 모방하게 되어 선생의 그림과 거의 비슷한 것이 많다.

제3) 대가의 각 개인연구소에서 선생의 비평을 받기 위하여 1개월 혹 2개월 또는 1년씩 이 연구소 저 연구소 곳곳으로 다닌다. 그리고는 그 장점만 취해서 자기 것을 만든다.

〈화가의 생활〉

파리 시가에 있는 화가가 5만 명이라고 한다. 대개 외국으로부터 온 유학생 관비생이 많으나 또 그림을 팔아서 공부하는 사람도 있다. 명화에 대하여 꽤 많은 돈을 지불하는 것을 아끼지 않는 사람도 있는 만큼 걸작을 그려내면 수만금이 생겨 일시에 호화롭게 지낼 수 있는 동시에 없으려면 그 가난함은 말할 수 없어 심지어 쥐를 잡아서 구워 먹도록 참담하게 된다.

화가들은 사회문제나 신문에 나타나는 여러 문제에는 무관심이며 생활이 극히 평화한 동시에 창작에 유의하여 항상 안정 충실을 희망한다. 머리를 쓰는 이라 그런지 신경질이 보통 이상이며 무엇 하나라도 이상하고 변화하는 것을 좋아하고 다양한 것을 보기 좋아하며 듣기 좋아한다. 화가의 아침잠은 유명하니 아침이면 늦도록 자고 일어나서 빵과 차로 간단히 아침을 먹고 화복을 입고 담배를 피워 물고 고개를 기울여 눈을 동그랗게 전날 그린 그림을 보고 있을 때 모델이 들어온다. 모델은 나체 혹은 착의로 있으면 화가는 그림을 그리기 시작한다. 때로는 칼을 들어 화면을 찢기도 하고 때로는 유쾌히 창가를 부르기도 한다.

정오까지 그리고 모델을 보낸다. 점심을 간단히 먹고 오후에는 머리를 쉬기 위하여 다른 아틀리에를 방문하든지 잡지사를 찾아 참고자료를 찾든지 또는 화상, 전람회를 찾아 고민하던 점을 해결해 오든지 한다. 공부에 열중하는 자면 코피가 나거나 몸살로 소비하는 수도 있다. 이같이 공부하는 것은 물론 후일 대가가 될 희망과 필요가 있음이나 가까운 목적으로는 살롱에 출품할 작품이나 외국 사람 같으면 자기 나라에 돌아가 전람회할 것을 준비하는 것이다. 그리하여 살롱 개최일이 임박하면 화실에서 계속 그림을 그리거나 교외로 그림을 그리러 나가거나 하여 살롱 출품 일을 잊지 아니하고 출품하며 입선발표일은 아침잠도 깨여 신문을 들고 분개하는 자, 혹은 부모 처자의 손으로 신문이 들려지는 수가 있다. 작품에 극히 흥분되면 성병 혹은 정신착란이 되는 수가 많다. 살롱에 입선까지 순조로이 된다면 대개 성공이라고 할 수 있다. 그러나 예술의 신진대사처럼 심한 것이 없어 끊임없이 공부를 계속하여야 하고 여간한 노력을 해야 한다. 천재보다 노력이 성공할 수 있다고 본다.

〈화가와 오락 기관〉

파리의 시가 설비나 공원시설 모든 것이 미술적인 것은 물론이오, 연극, 활동사진 어느 것 하나 미술품 아닌 것이 없다. 더욱이 화가에게 새로운 기분을 들게 하는 것은 댄스홀이다. 몬발나스에는 값싸고 꾸밈없고 수수한 댄스홀이 많다. 나무로 만든 집 속에 토인종의 악대가 제 흥껏 어깨춤을 추어가며 날라리를 불고 꽹과리를 두드리면 거기 맞춰서 남녀가 서로 끼고 으쓱으쓱 춤추다가 약 10분간씩 불이 꺼진다. 화가들은 마시고 흥껏 웃고 춤추어 밤을 지내고 다음 날은 후련한 새 기분으로 그림을 그리게 된다. 연극, 오페라, 활동사진을 가보면 어느 것 하나라도 아름답지 않은 것이 없어 모두 참고하게 된다. 화가가 있어야만 할 파리요, 파리는 화가를 불러온다. 화가 뿐 아니라 가난한 사람이거나 부자거나 유쾌하게 놀 수 있고 나이를 먹었거나 말거나 어린이같이 노는 파리를 누가 아니 그리워 하리요.

〈화가와 모델〉

파리에서는 모델이라 하면 한 미술품과 같이 존경을 받고 있어서 상당한 집 여자라도 체격만 좋으면 모델로 나서나 대개는 무산계급여자가 많다. 그 품행, 정조에 대해서는 말할 필요가 없을 만큼 되었다. 그 여자들은 모두 그림에 상식이 풍부하여 화가에게 동정과 이해를 가지고 있다. 자기 마음에 드는 화가가 있고 또 미래가 보이는 화가가 있다면 자기 힘껏 그 화가를 도울 뿐 아니라 모델은 아는 사람이 많아서 사교계에 한판을 잡는, 즉 자기가 좋아하는 화가의 그림을 여기저기 소개하여 팔게 한다. 일본인 등전 씨가 그만큼 출세한 것도 모델이 부인이 된 마담 등전이가 있는 까닭이었다. 나도 마담 등전을 한번 만나보았는데 많은 매력을 가지고 있었다. 파리의 있는 화가들은 영리한 여성의 힘이 아니면 일시도 살 수 없고 돈으로 여성을 사는 외에 여성의 힘을 존경하게 된다. 여류 화가 대 남성 간도 일반적일 것이다.

아! 아! 파리의 루브르 미술관의 무수한 그림을 보고 나면 지금까지 그리든 화가들은 그림을 집어치우고 동시에 안 그리든 사람이 새로 시작하는 것을 기억할 필요가 왜 없으랴. 실로 예술가의 머리와 같이 호강스러워야 할 것은 없다. 무엇이든지 바늘 끝만큼 자극을 얻게 되면 그것이 힌트가 되어 크게 작품에 나타내나니 그것은 행복스러운 때뿐 아니라 불행할 때 고적함에서라도 얻는 것이다. 그러므로 술을 먹어 취해도 보고 이성을 끼고 놀아도 보고 깊은 산 속으로 칩거도 하는 것이다. 그리하여 이 힌트를 얻어 흥취에 있을 때는 철야를 하여 제작을 하는 것이오, 반면으로 하품을 하게 되면 붓 한 번 떼기가 슬퍼지는 때도 적지 않다. 그러나 우리는 잊어서는 아니 될 것이 있다. 현대는 과학 시대다. 그림도 과학적 경향이 있고 생존경쟁이 심한 만큼 기분적 작품보다 실력적 작품을 요구한다. 즉 행복스러운 때 그림을 그렸으나 지금은 그림을 그려 행복하도록 이지적으로 되었고 부절한 노력을 위하며 뛰어난 천재를 기다린다.

나혜석 | Scene of Paris | Oil on wood

눈 감고 고국을 그려보던 밤

적설의 베를린행

독일인은 이상주의고, 충실하며, 친절하고, 강한 명예심이 있고, 원기 있는 활동성이 있으며, 굳세게 참고 견디는 마음과 조직적 계획적 성질이 있고, 자기희생의 염이 있고, 강한 의무의 염과 복종심이 있다고 한다.

독일 행

남편은 이미 3개월 전에 베를린Berlin에 가서 체재 중이었다. 나는 12월 20일에 갸르 드 누아르를 떠나 베를린을 향하여 독일행 하였다. 차 속에는 독일 사람이 많이 탔다. '야 야' 소리는 프랑스인의 '위'와 영국인의 '예스'보다 다른 어푸수수한 맛이 돈다. 국경에서는 여행권 조사가 심하였다. 산간의 작은 역이 많으나 승객이 드물고, 산과 같이 쌓인 짐이 많았을 뿐이다. 독일 농촌은 토지의 이용이 프랑스보다 낫다. 그리고 간간이 라인강 지류가 흐르는 것은 아름다웠다. 삼림이 많은 중에도 백화가 많이 보인다.

다음날 오후 7시에 베를린역에 도착하였다.
택시를 타고 부군 숙소를 찾아가서 짐을 풀으려 할 때, 정거장에서 헛걸음친 남편과 S군이 들어온다. 때에 베를린시는 적설로 인하여 설풍이 심하고 한기가 혹하였다. 한 달간 있었으나 홑옷으로 외출하기가 추워서 별로 구경도 아니하고 중요한 것만 보았다.

도로

물론 전차, 버스, 택시, 지하철은 부절히 왕래한다. 통행 지도 순사는 방망이를 들고 휘두르며 사거리 통에는 반드시 공중에나 지하에 전기등을 해놓아 붉은 불이 나서면 진행하고 푸른 불이 나서면 정지하게 되었다. 모든 것이 과학 냄새가 난다.

베를린 구경

구주 전쟁 시 천하를 움직이던 카이저 황제가 거주하던 궁이다. 2층에는 황제실, 황후 거실, 알현실, 화장실이 있고, 황제 황후의 사용하던 기구가 있다. 건물이 의외로 협소하고 내부도 간소하였다. 궁전 앞에 있는 국회의사당 앞 동상은 비스마르크의 영웅적 모습이었다.

파리 근교에 베르사유 궁전이 있는 것과 같이 베를린 근교에 포츠담 이궁이 있다. 포츠담Potsdam은 브란덴부르크Brandenburg주 수도다. 하펠 강 위에 높이 놓인 빌헬름교를 건너 빌헬름 1세의 동상과 양측에 8기 프러시아 군인 동상이 보인다.
포츠담 시가지는 돔 모양 지붕의 성당이 많고, 퇴락한 기분이 충만하였다. 공동식당에서 점심을 먹고, 다시 구경차로 나설 때 프리드리히 대왕 당시 1일에 1차씩 울려 백성의 인심을 수습하던 종소리가 높이 울려 나온다.

공원 정문을 들어서니 좌우에는 동상이 군대와 같이 정열 해 있고, 때는 마침 강설 후라 은세계를 이루었고 충신열사의 초상은 목판을 가려 볼 수 없었다. 문학가, 음악가들의 기념상도 많았다. 구릉 정상에 건설된 프리드리히 왕이 설계한 산수시 이궁에 이르렀다. 이궁은 무릇 180년 전 건물로 규모라든지 내부 장식이 프랑스 베르사유에 비할 바 아니나 방마다 색채와 장식이 달랐다. 공작방, 호박방, 베드방이 있다. 왕 자신이 철학가요 미술가로 박식하여 건물 내외부의 설계를 다 하였단다. 이 이궁에는 특히 여자 출입을 엄금하고, 왕은 독서에 몰두하였다 한다.

정원에는 왕이 사랑하던 개의 묘가 있고, 풍차 집이 하나 남아 있으니 이 궁을 건축할 때 이 풍차 집을 헐려니까 풍차 주인이 애걸하며, "이것으로 가족이 살아가노라"하므로 왕이 허락한 그것이 지금까지 있다.

비스마르크 박물관, 옛 박물관, 신 박물관, 국민 화당, 프리드리히 기념박물관을 보았으나 특별한 것이 없었고, 오직 전 2자에는 고대 기물 조각이 많고, 후 2자에는 회화가 많았으며, 프리드리히 기념박물관에 루벤스, 반다이크, 티치아노의 그림이 많았다.

베를린 구시가를 구경 갔었다. 니콜라이 당시 궁전이었던 조그마한 집과 낮은 인가, 좁은 도로는 과연 지금의 독일 문명에 비교하지 않을 수 없다. 프리드리히 빌헬름 궁전은 빌헬름 1세 궁전으로 실내에 금은보석을 많이 진열해 놓았다.

음악회 구경

독일에 유명한 음악회에 구경 갔었다. 연주는 베토벤과 바그너 작곡인데 악단에는 수백 군중이 나와 관현 곡을 합주하니 관객의 마음은 서늘해지고 몸은 하늘에 떠오르는 감이 생겼다.

크리스마스

크리스마스가 가까우니 곳곳에서 소나무, 참나무를 꺾어다

팔고 있다. 이날 저녁에 베를린서 제일 큰 중앙 회당으로 구경을 하러 갔었다. 당내에 장식한 크리스마스트리, 남녀 코러스의 청아한 찬미 소리에 싸인 몸은 행복했다. 이날은 정월을 겸한 축일이라 증여물이 심하고 식탁은 성연을 베풀고, 술을 서로 권하며 흥껏 논다. 주인 여인은 죽은 남편 생각을 하고 운다. 인정은 동서양이 다를 것이 없다.

섣달 그믐날

이날은 1년 중 마지막 가는 날이라 하여 유럽 각국에서는 크게 기념을 한다. 식탁에 성찬을 차려 놓고 늘어앉았다가 자정을 치면 축배를 나누며 동시에 각 예배당에서는 종소리가 나고 유리창으로는 색종이를 던져 이 집 창에서 저 집 창까지 걸치도록 하고 누구에 대하여서든지 신년 축하를 한다. 그러한 뒤에 모두 길로 나가서 춤을 추든지 카페에서 차를 먹든지 이상한 모자, 괴이한 의복을 입고 왔다 갔다 하는 자, 허리라도 부러질 듯이 깔깔 웃는 여자, 남자가 여자를 쫓아다니며 입 맞추려면 여자는 꼬챙이로 찌르는 소리를 하며 쫓겨 달아나는 광경, 대 혼잡을 이루며 도로에는 사람이 빽빽하게 왕래하고 길바닥은 갖은 색종이 가루가 발에 채 인다. 이렇게 이

날 밤을 길가에서 새우는 것이 유럽 각국의 풍속이라 한다.

오페라

활동사진관에도 가 보았으나 오페라 구경을 갔었다. 마침 「카르멘」 오페라가 있어서 기뻤었다. 내가 제일 좋아하는 오페라였다. 독일인은 이상주의고, 충실하며, 친절하고, 강한 명예심이 있고, 원기 있는 활동성이 있으며, 굳세게 참고 견디는 마음과 조직적 계획적 성질이 있고, 자기희생의 염이 있고, 강한 의무의 염과 복종심이 있다고 한다. 1월 4일에 독일을 떠나 파리로 돌아왔다.

베를린의 그 새벽

나는 파리에서 8개월을 지내고 그 뒤 두 해 동안 유럽 일주를 하는 중에 한 번은 독일 베를린에서 새해를 맞게 되고 또 한 번은 미국 뉴욕에서 새해를 맞았다.

유럽 각국은 크리스마스에 새해 겸한 축하가 있고 선물이 있어 크리스마스와 '송구영신'의 구별을 할 수 없을 만큼 되어 있었다. 그러므로 축하 편지에도 으레 둘을 겸해 쓴다. 12월 초순만 되면 각 상점 점두에는 소나무가 늘어서고 그 속에선 프리젠트를 팔고 프리젠트 야시장까지 열려 부녀들은 덜덜 떨면서도 한 짐씩 사 간다. 그리하여 그 아이들로 길이 메이는 것이다. 과연 그 광경은 볼만하다.

섣달 그믐날 밤이었다. 내가 있던 집주인 부인은 맥주를 사서 들어오더니 언 손을 화덕에 쪼이며 훌쩍훌쩍 울었다. 나는 깜짝 놀라 오다가 어디 상했느냐고 물었다. 옆에 있던 S군이 눈짓을 한다. 나는 S 곁으로 가서 귓속말로 왜 그러느냐고 물었더니 "죽은 남편을 생각하고 그러니 가만두시오." 한다. 나도 어느덧 눈물이 돌았다. 그 부인은 우리 세 사람을 위하여 눈물을 멈추고 테이블 위에 꽃을 꽂고 촛불을 켜 놓고 맥주와 포도주를 차려 놓고 고기를 준비해 놓았다. 우리는 둘러앉아서 이런저런 이야기를 하며 그 부인을 웃게 했다.

그믐날 자정.
조용하던 밤은 사방에서 울려오는 성 마리아교회 종소리로 요란한 채 또한 엄숙해진다. 주인 부인은 술잔을 든다. 우리도 들었다. 모두 일어서서 새해 축하를 하였다. 주인 부인은 부리나케 부엌으로 달아났다. 우리는 그 뒤를 쫓아갔다. 마침 준비해 놓았던 납을 불에 녹이며 스푼과 찬물을 가져오더니 우리에게 각각 한 숟갈씩 그 녹은 납을 떠서 찬물 그릇에 넣으라 한다. 그랬더니 그는 찬 물 속에 굳어지는 납의 모양을 보고 너는 부자가 되겠다, 너는 애인이 있겠다, 너는 성공을 하겠다 하고 점을 쳐준다. 어찌나 재밌던지.

이날은 이웃집 유리창이 다 열린다. 사람들은 몸을 창에 걸치고 색지 끄나풀을 던져 이 집에서 저 집에 걸치도록 하고 새해 축하를 다. 악을 꽥꽥 쓰며 깔깔거리고 웃는다.
나는 S군을 졸라 중앙 시가로 구경을 나갔다. 이게 웬일인가. 발에는 색종이가 퍽퍽 걸려 걸을 수가 없고 사람이 너무나 빽빽하여 지나갈 수가 없다 취한 사람, 고깔 쓴 사람, 꽹과리 두드리는 사람, 북 치는 사람, 이리 닥치고 저리 닥쳐 수라장을 이루었다.
이날은 어떤 남자든지 어떤 여자에게나 키스할 특권이 있다 한다. 그리하여 쫓아가는 남자, 쫓겨 가는 여자, 이리 툭 튀어나오고, 저리 툭 튀어 간다. 깜짝깜짝 놀랄 만큼 꽥꽥하는 소리가 옆에서 뒤에서 앞에서 난다. 나는 같이 가던 S군에게,
"어떻소? 여보, 부럽지 않소? 내 허락할 터이니 당신도 한 번

실행해 보구려."

"해 볼까?"

어울리지 않는 행동으로 어떤 여자 하나를 쫓아간다. 여자는 소리를 지르며 쫓겨간다. 그리고 돌아서 오는 그와 나는 마주쳤다. 서로 잠깐서게 되자 S는 깔깔 웃으며,

"재미있는걸."

"그래 어떻게 했소."

"그 여자 소리를 지르고 달아나기에 정말인가 했더니…… 그리고는 떨어져야지."

두 사람은 깔깔 웃었다. 웬일인지 웃은 죄가 내렸는지, 웬 남자가 내 어깨를 툭 친다. 나는 깜짝 놀라 달아났다. 쫓아와서 다시 달아났다. 할 수 없이 붙잡혔다. S는,

"그것 보오, 나를 놀리더니 죄가 내렸지."

그리고 두 사람은 그들이 흥겨워 노는 것을 옆으로 버려두고 집으로 돌아 올 때는 어디서 온지 알 수 없는 적막과 애회가 머리 속을 채운다. 눈을 감고 먼 고국의 쓸쓸한 풍경을 그려보는 때 소리 없는 한숨이 목구멍을 감돈다. 그러는 동안 환락의 밤이 새어 버렸다.

나혜석 | Country House | Oil on wood

천재의 자취를 보러

이탈리아 예술기행

피렌체는 예술의 도시라, 시가를 걷는 것은 마치 미술관을 걷는 것 같다. 어느 건물, 어느 성당, 어느 문, 어느 창, 어느 조각이 예술품 아닌 것이 없다. 물론 우리는 이 맛을 보러 왔지만 저 아르노강물로 키운 단테, 미켈란젤로, 조토, 마사치오, 보티첼리, 도나텔로 등 천재의 자취를 보러 온 것이다. 그들이 지금 내가 밟고 있는 땅을 밟았겠지 생각하면 나도 모르게 이상한 환희를 느끼게 되었다.

파리에서 이태리Italy로

내가 파리 있을 때 남편은 유럽 각국을 시찰하고 이태리만 남겨 놓고 왔다. 그리하여 3월 23일에 이태리를 향하여 미술을 찾아 나섰다.

이태리는 미술의 나라다. 그 미술은 고대 로마 시대부터 17세기에 이르도록 세계적 명성을 가지고 있었다. 15세기 전후 문예 부흥기에 있어서 이태리 미술은 건축 조각이 있었고 특히 회화는 전고 무후한 융성 시대 누구나 다 아는 바다. 실로 르네상스기의 이태리 회화는 인간 능력이 절정에 달하였다. 그러므로 미술사상 만은 페지를 점령하는 것이 이태리 르네상스기 회화요, 세계적 제작품으로 보장하고 있는 것이 그때 회화요, 역대의 명화가들이 그때 회화의 영향을 많이 받은 것이오, 지금 화가들이 이태리를 찾아가는 것이 모두 그때 그림을 보기 위함이다.

프랑스 촌락에도 봄이 왔다. 나뭇가지에는 푸른 잎이 돋아 오르고 나무 아래 그늘에는 풀꽃이 깔려있고 앵두, 복숭아, 배꽃이 피어있다. 농부들은 쌍마를 몰아 밭을 갈고 있고 군데군데 보이는 퇴색한 붉은 벽돌집 정원에는 빈틈없이 채소와 화초가 심어 있다.

밀라노Milan

밤 11시에 프랑스와 스위스 국경과 오전 3시에 스위스와 이태리간의 국경을 지나게 되어 변변히 잠을 못 잤다. 말뚝을 꽂아 놓고 이편은 어느 나라 저편은 어느 나라 하며 복장이 돌변한 세관 관리가 어기적어기적 들어서서 서슴없이 여행권과 여행 이유를 조사한다. 나라마다 다른 복장도 한 구경거리다.

오전 6시 30분에 드디어 밀라노에 도착하였다.
밀라노는 인구가 백만이나 되는 이태리 전국 도시 중 제2위인 곳이다. 그뿐만 아니라 상업 중심지다. 시가의 설비며 건축은 별다른 점은 볼 수 없었으나 눈에 띄는 것은 부녀의 인물이다. 안색이 붉고 윤곽이 정확지 못하며 표정이 순진한 듯하고 모발이 진흑색이 많다. 풍문에 의하면 부녀들은 다산하여 열두 세 형제는 보통이라 한다.
우리는 길에서 지인을 만났다. 그는 화강 씨라는 동경인인데 작년에 스위스 베른에서 활동사진 구경하러 갔다가 알게 된 사람이다. 이런 곳에서 황인종만 만나도 눈이 번쩍 뜨인다.

두오모 성당

두오모 성당은 세계 제일간다는 성당이다. 이 성당은 북방에 우뚝 서 있는 알프스와 그 장대함을 비교하기 위하여 세웠다는 전설이 있는 것만큼 백대리석으로 된 장려한 건축이다. 오랜 공사와 논쟁으로 1386년에야 완성되었다 하며 북방으로 윤입 해온 소위 고딕식 창과 본래 있던 이태리식 창과의 혼용으로 미술사상 유리한 참고품이다. 부정형 형상의 백색의 추침이 무수히 돌출하여 있어 그 장대함은 놀랍다.
실내를 들어서니 대규모로 된 장식 창에는 각종 모양과 승려의 모자이크가 찬란하게 새겨있다. 이 모자이크는 기원 5세기 예술로 유명한 비잔틴식이다. 실내에는 해부 조각으로 유명한 성 바르톨로메오가 있다.

산타 마리아Santa Maria, 델레 그라지에

이 성당은 도심 한편에 있다. 간소한 당상은 다각형의 궁륭형태고 이 지방에서 많이 나는 적연와의 퇴색한 벽은 만주에서 많이 보던 기억이 새로웠다. 이 성당을 찾아서 세계 각국인이 밀라노에 들르는 것은 이 사에 한 승사일실에 있는 세상에 둘도 없는 보물, 레오나르도 다빈치의 벽화「최후의 만찬」이 있는 까닭이다.

입장료 5리라(60전)를 내고 당내에 발을 디뎠다. 과분한 기대와 긴장에 가슴은 고동이 심하였다. 과연 화면을 대할 때, 저절로 머리가 숙여졌다. 그리고 지금까지 인쇄물로 보아오든 것과 판이한 것을 볼 때 기뻤었다. 이 그림은 온기와 또 한때 그 실이 병영의 구사로 사용할 때 수시로 창문을 열고 한 관계로 긁히고 깎이어서 파손되었다. 실내에 만원인 각국 감상객들은 그 진취를 알려고 망원경으로 혹은 지공으로 보느라고 야단들이다.

만고의 걸작「최후의 만찬」앞에 서면 군중의 심리는 하나가 되고 만다. 그 기분은 숭엄하였다. 중앙에 작자의 초상이 있어 군중의 마음의 절을 받고 있다. 이 성당은 이태리 최초 건물 성당이라고 한다.

레오나르도 다빈치와 최후의 만찬

레오나르도 다빈치는 문예 부흥기의 뛰어난 천재 중 한명이다. 대 플로렌스 명문가의 서자로 유년 시절부터 학문을 좋아하고 연구심이 풍부하였다. 장년에 이르러 강철을 늘릴 만한 거인이요, 사자와 같은 용맹을 가진 동시에 비둘기 같은 유화한 마음을 겸비하였다. 당시의 사람들이 '완전한 인간'이라고 부를 만큼 각 방면으로 능치 못한 것이 없는 경탄한 천재였다.

1483년에 어느 후작에게 초대를 받아서 플로렌스에서 밀라노로 왔었다. 그리하여 여기서 4년 동안을 두고 그린 것이 성모 성당에 있는 「최후의 만찬」이다. 이것은 예수가 내일 로마 관리에게 잡혀가서 십자가에 못 박히게 되는 기 전야, 십이 사도와 만찬을 같이 하면서 "이 중에 한사람이 나를 팔았다." 하니 그것을 들은 사도들은 서로 의심을 내는 순간의 비극적 광경을 그린 것이다. 종래 「최후 만찬」이란 화제를 취한 화가가 많았었으나 레오나르도 다빈치만큼 그 정서를 그려낸 그림이 없다고 한다.

옆으로 긴 식탁 만장에는 감정의 파동이 물결과 같이 퍼져 있고, 파랑 중앙에 있는 예수는 조금 고개를 돌려 두 손을 벌리고 있어 거인의 비극적 운명을 보인다. 선생을 판 유대가 놀라는 표정이며 여러 사람의 시선이 중앙에 있는 예수에게 와 천정에 통일하여 있다. 이 그림에서 16세기 색채를 볼 수 있다.

공동묘지

토마스쿡 자동차로 다다른 곳이 공동묘지였다. 철 난간을 들어서면 르네상스 시대 위대한 화가 미켈란젤로의 설계로 되었다는 묘당이 있고, 그리로 들어서 궁문을 나서니 각종 희랍융 로마식의 묘비 석관 조각이 있다. 어떤 것은 남편 시체 옆에 고개를 숙이고 앉은 부인, 어떤 것은 부인의 관 앞에 남편이 손을 가슴에 대고 있는 것, 어머니 무덤 앞에 어린 남매들이 우러러보는 것, 넓은 뜰에는 백색 대리석 혹은 화강암으로 그 죽음에 대한 비극을 조각으로 표현해 놓았다. 부분적으로 보면 일일이 낙루를 부금 하겠으며 전체로 보면 가히 미술품에 취한 듯한 감이 생겼다.

이 묘지는 세계의 제일가는 예술적 가치가 있다 한다. 황혼이 되었을 뿐 아니라 토마스쿡 자동차가 재촉해서 개선문은 자동차 위에서 보았다. 이 개선문은 파리 개선문보다 규모가 작았으나 조각과 모양이 대동소이하였다. 북으로 고성탑이 보이는 중간공원 삼림을 빙빙 돌아서 왔다. 이날 밤에는 유명한 스칼라 극장에 연극 구경을 하러 갔다.

스칼라

스칼라라면 극장 건물로나 여기서 하는 오페라로나 세계에 제일인 것은 누구나 다 안다. 그리하여 이곳에 각국 가극 연구자들이 수만 명 모여든다. 조선의 고(故) 윤심덕 씨도 이곳을 동경하다가 꿈을 이루지 못하고 작고한 것이다. 정원이 3,600명이라고 하는 만큼 극장 내부가 넓고 외형은 후기에 건설된 파리 오페라에 비할 수 없이 평범하며 내부 치장은 파리 오페라의 천정화나 조각과 같이 산뜻한 맛은 없으나 색채라든지 규모가 아름다움이 있었다. 과연 출연하는 배경이며 출연하는 수백 명의 의상, 표정, 가곡, 음성은 나로서는 파리에서나 베를린에서 보지 못한 엄연한 것을 보았다. 거기 앉아 그것을 보는 나는 한없이 행복했다. 여기 와서 연구하는 일본 여배우 원신자 씨는 앞으로 오래지 않아 여기서 상연하리라 한다.

브레라 갤러리

다음 날 아침에 시중에 있는 브레라 화랑을 찾아갔다. 여기 진열해 놓은 그림이 750점인데 이것은 대부분 15세기로 20세기 외지의 대표적 작품이다. 그중에 유명한 것은 루이니의 「장미원의 성모」와 레오나르도 다빈치의 「그리스도」와 만테냐의 삼대 걸작 중의 하나인 「예수의 주검과 성녀들」과 라파엘로의 「성모의 결혼」이다. 벨리니의 작은 온화한 감정과 심오한 매력이 많다. 그 한 예가 이 「장미원의 성모」이다. 농후한 색 사이로 오르는 도색이 사람의 마음을 끈다. 그 성모에 나타난 아름다움은 부인의 미를 표현하는데 유명한 라파엘로나 티치아노에게서 보지 못할 미를 볼 수 있다.

레오나르도 다빈치의 「그리스도」는 작가가 불분명하였던 것이 이후 여러 감상가의 평으로 레오나르도 다빈치의 작으로 확정된 것인데 이 그림은 예수의 인간에 대한 비애와 구세에 대한 고민의 표정을 충분히 나타내었다. 세상 구원에 대한 고민의 표정을 충분히 나타낸 것이다. 이 화랑 중에 특별히 뚜껑을 덮어 놓았다. 그만큼 작가에게나 작품에 대하여 경의를 표한 것 같았다.

만테냐의 「예수의 주검과 성녀들」도 있다. 이것을 주목하게 되는 바는 그 기술이나 덮은 흰색 도포의 복잡한 주름살이며 예수의 시체를 측면으로 그린 것이다. 이 그림을 측면으로 볼 때는 길게 누운 것으로 보이는 기묘한 기술이 있다. 두 손을 무겁게 늘어뜨린 시체의 형태며 그 옆에서 애통해 하는 성녀들의 표정을 볼 때 따라서 눈물이 나올 듯하다.

벨리니는 베니스 파의 대가로 그 작품 중 유명한 그림이 이 「신앙」이다. 성모가 기독의 시체를 끌어안고 슬퍼하는 그림이다. 이 화제를 취한 화가가 많았었으나 벨리니와 같이 성모의 비애 감정을 표현한 사람이 적다고 한다. 창백한 기독의 시체의 뺨을 대고 우는 성모의 성애와 비애가 극한 절망적인 표정을 하면서 성해를 붙들고 있는 요한이 전 화면에 찬 백색 조, 윤곽이 똑똑한 것 모두 종교적인 고상한 감정이 표현되어 있다.

라파엘로의 「성모의 결혼」은 예루살렘의 다각형 궁륭 사원을 배경하고 신부 마리아와 신랑 요셉이 대면해 서 있고 그 가운데 대승이 서서 두 사람의 손을 쥐게 하며 요셉이 처녀 손에 반지를 끼우려고 하고 있다. 마리아를 옹호해 있는 여러 처녀들은 선망의 표정이 충만하고 요셉 편에 있는 거절을 당한 구혼 청년들은 절망의 고통에 못 견뎌서 막대기를 꺾는 자 참아 볼 수 없어 고개를 돌리는 자가 있다. 여러 가지는 부스러지고 한 가지만 요셉으로 인하여 꽃이 피었다. 이처럼 요셉과 마리아는 공중 앞에서 법률상 정식 결혼식을 거행하는 것이다.

베니스Venezia

오전 9시 40분에 밀라노를 떠나 베니스로 향하였다.
밀라노에서 베니스까지 사이에 롬바르디아 평야에 맥전과 목장이 계속 있었다. 호수를 끼고 한참 돌더니 약 한 시간이나 물 가운데로 진행한다. 매우 이상했다. 도착하는 베니스 정거장도 역시 물 가운데요, 플랫폼을 나서니 역시 운하로 앞이 탁 터진다. 듣던 바와 같이 베니스는 수향이로다.

호텔을 정하고 시가지 구경을 나섰다. 베니스는 크고 작은 섬이 117개이고, 운하가 151개요, 다리가 370개라고 한다. 검게 흐린 도랑 위에 옻칠한 관과 같은 곤돌라 띄운 수향을 상상해 볼 때 또 그 위에 검은 베일을 둘러 발등까지 주렁주렁 덮은 이곳 부녀의 풍속을 볼 때 일찍이 베니스는 동양적 황금조의 다색하고 농후한 경취를 가진 곳으로 들렸으나 베니스는 흑색 베니스로 첫인상이 되었다. 그러고 전체를 포위한 기분은 묘전에 표류하는 음습한 신비의 냄새였다. 그러나 퇴색한 주황색, 연분홍색, 회갈색인 벽색은 색채를 좀 써 보았다는 내 안목에 친근한 맛을 주었다.

베니스는 바닷속에 있는 수향으로 전부 축을 쌓고 운하가 도로가 되어 골목이 전부 물이오, 잔교가 명산이랄 만큼 이르는 곳마다 다리다. 그러므로 이곳에서는 거마는 약에 쓸려고 해도 얻을 수 없고 교통개관은 전부 소증기선과 곤도라다. 풍류로는 좋으나 풀이며 흙이며 정원은 도무지 볼 수가 없고 협착한 시가는 종일 일광을 보지 못할 곳이 많았다. 이삼일 지나는 여용으로는 취미 있게 볼 곳이오, 영주하기에는 너무 불안할 듯하였다.

다음 날 아침은 일찍이 곤도라를 타고 산마르코San Marco로 갔다. 멀리 들리는 물결 위에 흰 갈매기 떼는 떴다 앉았다 무엇을 찾아 물고는 다시 힘차게 떠오른다. 나는 이런 꿈나라에 와서 배를 타고 앉아서 명상에 빠졌었다. 과연 산마르코에는 궁전이 있고 탑이 있고 사원이 있고 영국과 미국인을 상대로 진열해 놓은 화려한 상점이 있다.
산마르코 광장 길이는 96칸, 폭은 45칸 바닥에 대리석과 안산암으로 된 것을 보면 왕시의 화려와 부귀와 권력이 얼마나 하였던 것을 알 수 있다. 산말크 사원 내부 장식이 동양식으로 유명하다.

두칼레궁전

이 궁전은 844년 건물인데 후기 고딕 양식에서 르네상스식에 진입하는 과도기 건축을 설명할 수 있다는 건물이다. 15세기 16세기간에 증축을 하였고 두 번이나 화재를 당하였다고 한다. 이전에는 이태리 공화 시대 대통령 관사로 사용하였었고 당국자들의 집합 처였다.
이 건물이 역사적 가치를 가졌을 뿐 아니라 여기 있는 화곽에 진열된 그림은 이태리 르네상스 시기에 진입하는 한 계단을 가진 가치 있는 그림이 있다.
그중에는 리초의 그림이 많고 티치아노와 틴토레토의 그림이 있었고, 틴토레토, 베로네제, 바사노 등의 합작인 「천국」 그림은 인물을 많이 쓴 것으로 세계에 제일가는 그림이다. 천정화는 틴토레토 작품으로 「천국의 영광」이 있다.

간수가 지도하는 대로 들어서니 캄캄한 석옥 속이다. 어느 나라 감옥이든지 자유를 속박해 놓는 것은 일반이다. 우리나라 예전 보두청 모양으로 윗벽에 조금 뚫어놓은 것 외에는 밥 주는 구멍밖에 없다. 목조도 아니오, 사방 벽이나 땅바닥이나 모두 돌이다. 그 밑으로 물 흐르는 소리가 난다. 사형 죄수를 이 바다에 밀어 넣었다 한다. 궁전과 감옥과 연결해 놓은 다리는 수탄교라고 이름만큼 천국과 지옥이 이어진 감을 느끼게 한다.

궁전에서 나오니 소낙비가 쏟아지고 사방 사원 종각으로부터는 「산타마리아 노벨」의 종소리가 울려 바다 물결 소리에 합쳐지고 만다. 부드럽게 날아드는 비둘기 떼는 어여쁜 입으로 아장아장 걸어 관객들이 주는 무엇을 주어 물고는 힐끔힐끔 쳐다본다. 대 광장에 퍼져있던 비둘기 떼는 일시에 몰려 옥상으로 올라간다. 이 아니 별유천지비인간(別有天地非人間)이라 정신없이 서서 보다가 폭우를 피하여 궁전 앞에 있는 탑으로 올라갔다. 폭풍우가 심하여 오래 머물지 못하고 잠깐 둘러보았으나 베니스의 전경은 실로 물의 세계였다.

산마르코 성당

이것은 12세기 건물로 곤돌라를 보호하기 위하여 세운 성당이라 한다. 성당 내의 기둥들은 그리스 콘스탄티노플에서 가져왔다 하며 전부 백대리석조로 참 장엄하다. 성당 내 성당 외의 지면은 전부 대리석 모자이크이어서 그 것만 해도 한 훌륭한 미술품이 성립되어 있다. 천정화는 신약전서의 마가의 행적이 그려 있다.

여기도 틴토레토의 그림이 두 장 있었다. 여기 온 후, 화제는 풍부하나 연일 강우와 또 구경으로 인하여 마음만 안타까워할 뿐이요, 한 장도 못 그렸다. 이날은 마침 볕도 나고 하기에 소품 1개를 그렸다. 걸작을 볼 때는 그리면 곧 그같이 될 듯하나 그리고 보면 생각하던 것과 판이하다. 이럴 때마다 대가와 걸작에 대한 존경이 더하여 간다. 그림은 감각적인 만큼 과연 어려운 것이다.

국제 현대미술관

현대미술관은 1902년 건물로서 매년 1회씩 4월에서 10월까지 국제 전람회를 개최한다. 현대 회화로 유명한 것, 내가 전에 책에서 많이 보아 오던 그림이 많다. 파리 로댕 뮤지엄에 있는 것과 같은 로댕의 「칼레 시민」과 「묵사」가 있다. 여러 나라를 돌아다니는 중에 파리는 마치 고향과 같이 생각되어 이 작품만 보아도 매우 반갑다. 그리고 「장막」의 백포의 묘화를 기묘하게 한 것과 라파엘의 「성모승천」, 티치아노의 「그리스도의 승천」, 틴토레토의 「그리스도의 최후」, 베로네제의 「거미의 집」과 「처녀」, 벨리니의 「마돈나」가 있었다.

아카데미 화랑

이 화랑에 진열된 회화가 750여 점이 있다. 대부분은 베네치아파의 대가의 그림으로 작자 중에는 역사적인 인물이 많다. 여기서 베네치아파의 특색과 그 후 피렌체파의 특징을 비교해 보면 전문가에게는 큰 흥미 있는 재료를 얻게 된다. 이 중에 가장 대표적 그림으로는 벨리니의 「성모」와 「산마르코 성당 전(前) 행렬」, 티치아노의 「아담 이브」와 카르파치오의 「사셀 도스의 경배」가 있다.

베네치아파와 피렌체파

베네치아파의 회화는 피렌체와 중부 이탈리아 유파에 비교하여 뒤늦게 발달하였다. 그러나 다른 파와 다르게 베네치아파는 특징을 발휘하여 르네상스 미술사 중에 독특한 지위를 점령하고 있다.

피렌체파 회화의 특징은 선으로 된 윤곽의 완성과 육체의 묘사와 운동의 표현에 있어 고아한 기품으로써 전체를 조화한 것이요, 베네치아파 회화의 특색은 색채를 중요하게 여겨 명암의 색조와 광선의 음영으로 화면에 깊은 맛을 가하여 인간미와 인정애를 표현해 온 것이다. 그러므로 유화의 신묘법은 후자가 적당하게 되어 있다. 그리하여 베네치아는 회화가 많이 발달한 곳이다.

베네치아 회화의 르네상스 풍으로 발달되기는 15세기 말에 벨리니 형제로부터 시작되었다. 벨리니 회화 중에 가장 유명한 그림은 아카데미 화랑에 있는 「산마르코 성당 전(前) 행렬」이다. 원래 베네치아란 상업무역을 생명으로 아는 도시인 만큼 시민 공화의 정치를 이상으로 삼았다. 시 중앙인 산마르코 성당에서 행하는 종교적 제식은 시민 전체의 제식이 되었을 것이다. 그러므로 이 벨리니의 그림은 15세기 베네치아 풍속화로도 볼 수 있는 것이다. 벨리니의 장년의 기력이 창일한

「성모」는 그리스도를 안고 있는 것인데 성모는 초속적 기분보다 인간적 친근한 맛이 있다. 티에폴로의 「십자가의 발견」이 있다. 이런 그림과 같이 베네치아 회화 중에는 시의 광영을 기념하는 역사적 그림이 많다. 이처럼 도시 생활과 미술의 관계는 베네치아에서 많이 볼 수가 있는 것이다.

티치아노은 베네치아에 거주한 화가로 벨리니의 제자였으며 100세까지 장수하면서 노쇠를 모르고 그림을 그렸다 한다. 티치아노가 당시 얼마나 그 명성과 화계 지위가 있었던 것은 티치아노가 불행히 흑사병으로 사거하였을 때, 전 베네치아 시민은 애도의 의를 표하고, 또 당시 흑사병자는 성당 내에서 장의를 엄금함도 불구하고 원로원의 명령으로 프라리 성당 내에 장엄하게 매장한 것을 보더라도 알 것이다. 티치아노는 많은 여성을 그린 화가이다. 특히 풍부히 원숙한 중년 여성을 즐겨 많이 그렸다. 티치아노의 그린 여성의 육체미에는 용렬한 건강이 있다. 실로 색채의 화인이라 할 만치 색채의 심미와 시적 구조가 있다. 작품 중에는 「제단」과 「성녀 승천」과 「성녀와 성자」 등이 있는데 모두 명확한 감상과 기품에 부(富)한 침착이 있다.

틴토레토는 베네치아파 최후의 명성을 가졌던 귀재다. 틴토레토의 화실 벽에는 '미켈란젤로의 윤곽, 티치아노의 색채'라고 표어를 써 붙이고 공부를 하였다 한다. 그가 티치아노의 제자로 너무 폭행하다가 쫓겨 나와서 그같이 열심히 공부하여 놀랄 만큼 대 작품 「최후의 심판」, 「천국」, 「산마르코의 기적」 등을 차례로 그려냈다. 이 중에 「천국」은 놀랄 만치 커서 세계상 최대 회화로 이름이 났다. 그의 특징은 생명의 약동을 그대로 화면에 표현해 놓고, 성전이든지, 신화든지, 역사든지, 모두 운동체로 그려 내고 또 일상생활의 이면을 그렸다. 그리하여 그 표현 방식에는 대필 촉을 사용하여 광선을 적확히 그려 명암의 대조를 강조하여 종래 있던 온화한 그림에 동요와 활기를 가한 신표현법이었다.

돌아와서 레스토랑에 가 이탈리아 음식으로 유명한 마카로니와 생선으로 저녁을 먹었다. 질기지만 맛이 붙는 마카로니는 먹어보지 못하던 맛이 있거니와 이 운하에서 잡은 생선 맛은 생전에 잊을 것 같지 않다. 여로의 피곤도 부부가 마주 앉아 식사할 때에는 멀리멀리 물러가고 한껏 단란한 행복이 있었을 뿐이다.

피렌체Firenze

오전 7시 5분 차로 피렌체로 향하였다.

듣던 바에 의하면 이탈리아는 햇빛의 나라요, 햇빛이 없고는 이탈리아 풍토의 감이라든지 미술의 미를 알 수 없다 하는데 떠난 이후 불행히 연일 강우로 하여 음습한 일기에 아무 유쾌한 맛을 모르겠다. 게다가 팔자에 없이 모양을 내느라고 얇게 입고 왔더니 한기로 자못 불쾌하다.

피렌체는 일명 플로렌스라고도 부른다. 그 의미는 '꽃'이라 하여 피렌체를 '꽃의 도시', '봄의 도시'라고도 부른다. 피렌체는 북으로 알피 산맥과 남으로 키안티 산맥이요, 그 사이로 아르노강Arno River이 조용히 흐르고 있다. 그리하여 아르노강 뒤 언덕에서 내려다보면 피렌체 전 도시는 꽃으로 덮여 있다. 과연 꽃의 도시라고 부름이 적절한 명사이다.

그러나 우리는 다른 곳에도 다 있는 이 꽃을 꺾으러 온 것이 아니다. 이곳에서 피어 이곳에서 쓰러진 근세 문화의 제일 화도를 찾아온 것이다. 실로 중세기의 문화가 열리고 인간 능력이 절정에 달한 예술의 꽃이 이곳에서 피었다.

우리는 먼저 이곳에 왔던 어느 벗의 소개로 바로 아르노강을 앞에 둔 호텔에 투숙하였다. 천변으로 향한 1실에 들었다. 그

만큼 걸었으면 나렴직도 하련만은 구경하기에 매우 피곤해졌다. 시간을 아껴 돌아다니던 구경도 오늘은 창문으로 바라보는 것으로 반나절을 소비하였다. 맞은편 언덕 위에는 수풀이 우거지고, 아래에 고성 터가 있고, 거기 우뚝 서 있는 미켈란젤로가 설계한 「다비드상」이 있다. 그 아래로 10여 칸 폭이나 됨직한 아르노강의 탁류가 있다.
피렌체는 예술의 도시라, 시가를 걷는 것은 마치 미술관을 걷는 것 같다. 어느 건물, 어느 성당, 어느 문, 어느 창, 어느 조각이 예술품 아닌 것이 없다. 물론 우리는 이 맛을 보러 왔지만 저 아르노강물로 키운 단테, 미켈란젤로, 조토, 마사치오, 보티첼리, 도나텔로 등 천재의 자취를 보러 온 것이다. 그들이 지금 내가 밟고 있는 땅을 밟았겠지 생각하면 나도 모르게 이상한 환희를 느끼게 되었다.

다음 날 아침에 시내 지도를 들고 각 진열관을 찾아 나섰다.

크로체 성당

이 성당은 피렌체파의 설계로 유명한 성당이다. 전면은 색대리석으로 간소하게 된 이탈리아 고딕식으로 되었다. 앞 광장에는 단테의 석상이 있다. 성당 안은 어두컴컴하였다. 후면에 있는 페루치 예배당과 바르디 예배당을 찾아 조토의 벽화를 보러 들어서니 불구자의 신부가 다리를 절룩거리며 설명을 하겠다고 따라다닌다. 이탈리아 전국 유명한 화랑에는 이렇게 상업적인 안내자가 있어 관객을 괴롭게 한다.

1212년에 아시시의 성자 프란체스코는 포교하기 위하여 제자 일부를 피렌체에 보냈다. 8년 후에 성 도미니크도 역시 이곳에 포교하기 위하여 제자들을 보냈다. 그러나 이 두 파는 다 달랐으니 프란체스코 파는 검은 옷을 입어 흑사제라 하고, 도미니코 일파는 백의를 입어 백사제라 하였다. 흑사제의 포교는 '실행', 즉 '움직여라, 일하라' 한 것이요, 백사제의 포교는 '조용하라, 기도하라' 한 것이었다.

이 페루치 예배당과 바르디 예배당에 있는 벽화, 조토의 걸작은 위에 든 하나는, 프란체스코의 일생 행적을 주제로 그려 있고, 하나는 그리스도 및 사도의 행적이 그려 있다. 그 외 알로리의 「음악」이 보기 좋았고, 밀라노의 작품과 가디의 「마리아의 혼인」이 매우 좋아 보였다. 동 성당 안에는 유명한 이탈리아인의 기념 묘가 많이 있었고 미켈란젤로의 기념 묘지도 있었다.

근대화계 비조鼻祖 조토와 그의 화풍

이탈리아 피렌체 시외에서 어떤 날, 어느 양치는 소년이 자기가 몰고 온 양떼를 돌 위에 그리고 있었다. 이때 대 화가가 지나면서 보다가 그 필재에 놀라 곧 자기의 제자로 삼았다. 이 소년이 즉 후일 근세 화가의 비조가 된 조토요, 대 화가는 그의 스승 치마부에였다. 그리하여 조토가 25세에 그린 걸작이 아시시 성당 벽화에 있는 「성 프란체스코의 생애」다. 이것은 지금까지 있는 장식을 정밀하게 새겨 박는 화풍에 대한 큰 혁명이었다. 이와 같이 조토가 그린 인물에는 육체가 있고, 생명이 있고, 성격이 있고, 사람과 사람 사이에 감응이 있어 전체가 현실적이요, 인간미가 있고 희곡적 활기가 있다는 평이 있다. 조토는 조각가인 동시에 대 건축가였다.

우피치 미술관

이 미술관에는 그림만 4천 점 진열해 있는데 양으로 보든지 질로 보든지 세계에 제일가는 미술관이라 한다. 역대의 걸작이 많은 중에도 가장 유명한 것은 치마부에의 「마돈나」와 조토의 「마돈나」, 보티첼리의 「비너스의 탄생」과 「봄」, 미켈란젤로의 「성가족」, 안드레아의 「마돈나」, 라파엘로의 「마돈나」,

티치아노의 「비너스와 연애」, 리피의 「마리아」, 프론폰다발레의 「예수 탄생」이 있다.
과연 그들의 그림은 입으로는 말을 하는 듯하고, 눈으로는 웃는 듯 혹은 우는 듯하며, 살은 뛰는 듯하고 피가 끓는 듯하였다. 너무 많아서 보고 나니, 모두 그것이 그것 같다. 그의 확실한 윤곽, 단순한 듯하고도 복잡한 색채, 명암의 조화, 입이 벌어질 뿐이었다.
기원 3백 년 전, 이탈리아가 도리에 저 비너스의 상과 기원 전 2백 년 전에 만든 낭(狼)의 석상이 있다. 16년 동안 만든 검은 대리석 모자이크도 있다. 그리고 미켈란젤로의 작인 「낮과 밤」, 「여명과 황혼」의 대리석 조각이 있다.

보볼리 공원에서 보면 피렌체 전 도시가 보인다. 여기 미켈란젤로의 조각상이 있다.

감정과 예술로 사는 이태리 여성

이태리 사람은 프랑스와 그리스의 혼혈아라고도 할 수 있을 만큼 양방의 특색을 가지고 있는 국민이다. 음악과 미술의 나라인 만큼 그곳 색시들은 음악적이고 미술적이다. 어려서부터 이러한 분위기에서 자라난 까닭에 15, 16세 된 소녀가 악기를 연주하는 것은 우리가 전문가라고 하는 이도 따를 수가 없다. 미술 방면에도 자수, 레이스 수공 등 여러 가지 세세한 것까지 묘하게 하는 재주와 두뇌와 손을 가졌다. 이렇게 예술적 방면에 천품을 가졌기 때문에 가정의 실제 방면에는 그렇게 능치 못한 듯하다.

성질은 역시 남구적으로 화려하고 밝고 감정적이다. 감정적이고 붙임성 있는 것으로 보아 방탕한 것은 아니라도 모두가 마음잡지 못한 것 같은 색시들이고 외모가 아름다운 여자가 흔히 있다. 학교생활은 길지 않고 중류층 이상이면 가정교사를 두어 공부를 한다. 남녀교제나 결혼 같은 것은 다른 외국과 거의 같고 어학에 능한 것은 그리스 여자와 같다.

근래에는 중류 이상에도 직업을 가진 여성이 많이 있다. 정치 운동이 아닌 노동 운동을 하는 여성이 생겼으나 그곳의 모든 운동은 일정한 공휴일을 이용하여 공식적으로 인정을 받아 정숙한 시위 운동을 하는 것임으로 운동가로 나온다면 국가적으로 공인을 받은 훌륭한 여성이라고 할 것이다. 그러나 대개의 젊은 색시들은 미술과 음악의 기분에 싸여서 부드러운 생활을 하고 있다.

진실하고 쾌활한 영국 여성

파리에서 런던으로

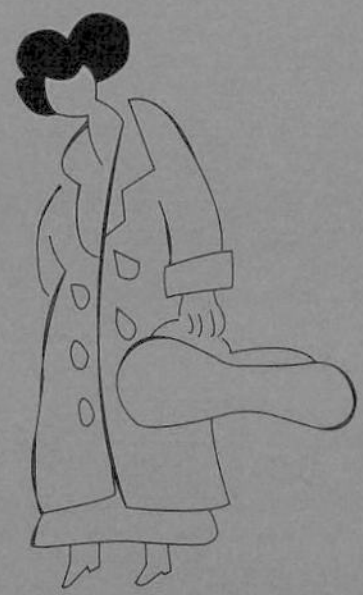

영국인은 침착하고 고상하며 자제력이 많다. 규칙적이고 강한 의사와 활동력이 있으며, 강고한 의지와 분투적 정신을 가지고 외부에 대하여 자기를 긍정하고, 타인에게 굴복하는 것을 즐기지 아니하며 공리공상을 즐기지 아니하고 언제든지 실제적 이익, 그것도 자기 이익뿐 아니라 공공의 이익을 중하게 안다. 또한 수집욕이 많아서 유시부터 대개 세계 우표 및 금전을 모은다. 또 담뱃갑 속에 각지 사진이 한 장씩 있는데 이것도 모은다.

런던London행

7월 1일 오전 10시 36분에 생 라자르 역에서 출발하여 오후 1시에 도버 해협에 닿았다. 도버 해협을 건너 연락선으로 5시 10분에 뉴헤븐, 즉 영국 땅에 내렸다. 입국하기가 매우 까다로워서 여행권 및 여행짐 조사가 심하였다.

기차를 타고 6시 43분에 빅토리아 정거장에 도착하였다. 거기는 이미 와있던 남편과 Y군이 마중 나와 있어 매우 반가웠다. 시가지에 눈에 띄는 것은 2층으로 된 전차와 붉은 버스였다. 건물은 낮고 가벼워 보인다.

런던 시가지

런던 건물은 퇴락한 회색 연와 집이 많고, 고도시인만큼 정돈이 되지 아니하여 집은 되는 대로 아무렇게나 꾹꾹 박아 놓은 것 같았다. 시가는 각각 그 계급을 따라, 상업 중심부, 정치 중심부, 공업 혹 농업, 또는 부자 혹 빈자의 중심부로 구별해 있다. 도로는 전부 캐나다에서 가져온 토목으로 깔고, 시내에는 전차가 없고, 시외에만 있으며 이층 버스는 무수히 왕래하고, 지하철도도 있다. 시민 7백만 명, 주택은 모두 별장식이요, 정원 없는 집이 없다. 식민지에서 뺏어온 것으로 시가지 시설이 모두 풍부하다. 곳곳에 공동변소는 지하실로 되어 있다.

런던의 공원

공원은 전부 돈 덩어리다. 도로만 남겨 놓고 잔디며 화초의 배양은 규모가 컸었다.

하이드 파크는 런던 중앙에서 조금 서북에 있다. 버킹엄 궁전 부근 광장에 연속한 그린 파크와 피카데리가를 걸쳐 상접하고, 반대 방향으로 켄싱턴 가든으로 이어졌다. 자작나무, 떡갈나무, 느티나무 등이 많이 있고 그 아래는 전부 잔디에서 남녀 청년들은 서로 끼고 드러누운 전경이 마치 누에 잠자는 것 같다. 통행인은 별로 놀라는 일도 없이 너는 너요, 나는 나라는 태도로 지나가고 만다. 일요일에는 유명한 야외 연설이 있으니 청중은 평정하여 이성으로 비판은 하나 감정으로 흥분하지 아니한다. 공원에 왔다는 감보다 시외 촌에 온 감이 생긴다.

큐 가든은 세계적으로 손꼽는 공원이다. 자연 그대로 두어 놓고 꾸며 놓았다. 세계에서 제일 크고 좋다는 식물원이 있으니 온실에는 무성하게 배양한 거대한 파초, 종려 등이 있으며 로즈 가든에서는 향기가 뿜어 나오고 힘차게 자란 녹음방초며 깎은 머리 같은 수풀, 모두가 풍부한 맛이 돈다. 이 공원은 조지 3세가 모 귀족의 정원을 사서 그것을 후에 이궁을 삼은 것인데 일영 박람회 때의 유물인 일본 5층 탑이 보인다. 이 공원 근처에 대리석의 높은 탑이 있으니 여기는 세계적으로 유명한 시인, 화가, 법률가, 조각가 등의 조각이 있고, 이름이 쓰여 있다. 우리 일행 3인은 이층 버스를 타고 런던의 중앙지인 다우닝 크로스를 지나 중국 반점에서 저녁을 먹으며 피곤한 다리를 쉬었다.

켄싱턴 가든은 하이드 파크와 인접하여 옛날에는 귀족 공원이었다. 고목이 울창하고 동물원, 왕립 식물원이 있다.

세인트제임스 파크는 버킹엄 궁전 전면에 있다. 규모가 작으나 곳곳에 광장이 많다. 영국 왕실 이궁으로 사용한 광대하고 유수한 공원이다. 학생이 와서 야외 수업을 하는 것, 정구 또는 야구 등의 시합을 한다. 여자 순사가 이리저리 다니며 순회하고 있다.

영국의 미술

로열 아카데미는 근대화를 진열해 놓았는데 로열 아카데미에서 입상한 그림을 모은 것이다. 인상파 적 영향을 많이 받은 것 같아 프랑스에 비하면 1세기쯤 뒤떨어진 감이 생긴다.

빅토리아 앨버트 뮤지엄은 여왕 및 여왕 남편 위세, 여덕을 기념하기 위하여 건설한 것이다. 소품이 많았으며 주의할 것은 풍경화의 시조로 프랑스 19세기 인상파에 많은 영향을 끼치고 미술사상 저명한 지위를 가지고 있는 컨스터블의 작품이다. 광선과 방향과 구도와 색채가 활기 있었다. 컨스터블의 그림을 카피하기 위하여 여러 번 다녔다.

브리티쉬 뮤지엄은 170년 전에 한스슬론 경의 소장품을 사서 국유로 만든 것이 시초가 되어 이집트, 그리스, 로마, 일본, 중국 물건을 많이 수집해 있다. 특히 그리스 조각이 많다.

내셔널 갤러리는 프랑스 루브르 미술관만큼 크다. 역대의 이탈리아 미술이 많고, 현대 각국의 작품을 많이 수집하여 있다. 그중에는 라파엘의 「마돈나」, 렘브란트의 「노파」, 다빈치의

「암굴의 처녀」, 반다이크의 「두건 쓴 노인」, 「산오스다드의 화학자」, 티치아노의 「삼림 속 희롱」, 고야의 「처녀」도 있고 그레코의 「초상화」, 틴토레토의 그림도 많았다.

영국 회화 중 초상화는 세계적으로 인정한다. 초상화가 약 3천 점 있었는데 모두 세밀히 그린 것이다. 영국 박물관은 진열 방법과 이용 방법이 교묘하며 풍부한 표본과 수집에는 놀랐다.

런던 구경

웨스트민스터에는 유명한 의회당과 성당이 있다. 이 성당에는 역대 황제와 거인들의 묘로 충만하였다. 그중에는 셰익스피어의 묘도 있다. 또 여기서 역대 황제 대관식을 거행한다.

템스강 밑을 뚫은 터널을 지나 그리니치 천문대를 찾아갔다. 지구 영도가 영국, 즉 그리니치 천문대로부터 지나갔다. 정문 전에 표준 시계가 걸려 있고, 각별을 보아 시간을 맞추는 큰 망원경이 있어 베개를 베고 드러누워 보게 되어 있다.

윈저 이궁은 런던 서방 약 20마일 되는 높은 언덕 위에 있는 건물로 전부 석조요, 14세기 건물인데 전방은 템스강 상류를 격하여 있다. 원래 성당이었고, 여왕 빅토리아가 태어난 곳이란다. 문을 들어서면 여왕을 기념하기 위하여 지은 예배당과 성 조지 예배당이 있으며 나폴레옹 1세의 침실도 있다. 또 여기서 각국 황제가 숙박하고 있었다.

부군의 여름 강습회에 참석하기 위하여 옥스퍼드 대학을 찾아갔다. 옥스퍼드는 고학문의 도시인만큼 건물이 퇴락하고, 그리스, 로마식 건물인 성당이 곳곳에 보인다. 하여간 따뜻한 시가지로 인상이 되었다. 케임브리지는 가보지 아니하였으나 이 두 학교는 보트, 연극, 음악을 잘한다.

영국의 구세군

우리가 있는 집 주인인 과부 부인은 구세군 신자로 이 집에는 대좌, 중좌가 있고, 출입하는 사람들도 구세군 사원들이 많았다. 그러므로 주일날은 자연스럽게 그들을 따라 구세군 본영을 구경하게 되었다. 구세군은 영국에서 처음 1863년에 부스 대장이 군인제로 만든 것이다. 물론 포교가 목적이나 사회사업도 많이 한다. 병원도 있거니와 타락한 여자들의 낳은 사생

아를 위하여 보육원이 있다. 여기 간사로 일본인 야마무로 군페이씨의 딸이 있어 방문한 일이 있었다.

영국인에 대하여

영국인은 침착하고 고상하며 자제력이 많다. 규칙적이고 강한 의사와 활동력이 있으며, 강고한 의지와 분투적 정신을 가지고 외부에 대하여 자기를 긍정하고, 타인에게 굴복하는 것을 즐기지 아니하며 공리공상을 즐기지 아니하고 언제든지 실제적 이익, 그것도 자기 이익뿐 아니라 공공의 이익을 중하게 안다. 또한 수집욕이 많아서 유시부터 대개 세계 우표 및 금전을 모은다. 또 담뱃갑 속에 각지 사진이 한 장씩 있는데 이것도 모은다.

런던에는 걸인이 많아 곳곳에 인촌을 가지고 섰는 자, 악기를 가진 자, 인도에 앉아 지면에 색연필로 셰익스피어의 시, 조류 등을 쓰고 그려 행인에게 보이고 돈을 달란다.
런던에는 술집이 많은데 객의 반수는 여자의 출입이 많다. 런던 명물은 짙은 안개이니 한낮에도 캄캄하여 전차 통행이 정지된다.

국립미술관 앞에 영웅 넬슨의 동상이 하늘에 높이 서 있으며 광장 좌우에는 해군성, 외무성, 내무성, 인도성(印度省), 상공무성, 육군성, 대장성, 농업국, 수산국, 지방 정무국이 있으며 경시청 입구에는 위의를 정숙하게 한 기마 순사가 왕래를 감시하고 있는 것이 일 위관이며, 총리대신 관저는 10이라고 하면 누구나 다 안단다. 옥스퍼드 스트리트가 유일한 광장이며 건물은 모두 매연으로 고색창연하다. 프록코트에 실크 모자를 쓴 사람의 대개는 주식거래점 외교원, 런던 시장 관저에 출입하는 소위 젠틀맨이다.

진실하고 쾌활한 영국 여성

템스강은 맑고 깨끗할 것으로 예상하였으나 탁류, 흑색 물에는 놀랐다. 내가 런던 체류할 동안, 영어를 배우기 위하여 여선생 하나를 정했다. 60여 세 된 처녀로 어느 소학교 교사요, 독신생활을 해 가는 가장 원기 있는 좋은 할머니였다. 팽크허스트 여자 참정권 운동자 연맹회 회원이요, 당시 시위 운동 때 간부였었다. 지금도 여자의 권리 주창만 내놓으면 열심히다. 그는 이런 말을 한다.

"여자는 좋은 의복을 입고, 맛있는 음식을 먹는 것을 절조하여 은행에 저금하라. 이는 여자의 권리를 찾는 제1조목이 된다."

나는 이 말이 늘 잊히지 아니하고 영국 여자들의 세상일에 대한 깨달음을 존경하지 않을 수 없다.

또한 영국 여자를 처음 볼 때는 퍽 교만해 보이고 교제하기가 어려울 듯하지만 얼마를 지내보면 다른 나라 여자에게서는 맛볼 수 없는 친절미를 느끼게 된다. 그 친절이 언제까지든지 계속되어서 외국 사람에게도 여러 가지로 편의를 보여준다. 그리고 그들의 인내성과 내구력이 강한 것은 놀랄 만하다. 일반적으로 젊은 색시들도 가볍고 방정맞음이 없고 진실하고 침착하여 책임감이 강하다. 따라서 규율이 바르고 복장 같은 것도 클래식 한풍이 있다. 옷감을 고르는 데도 다른 외국 여자와 같이 빛깔이나 모양만 보지 않고 재질이 좋고 오래 입을 것을 고른다. 이같이 실질적인 점은 어려서부터의 가정교육을 받는 까닭이다.

중류 계급의 색시들은 하이스쿨에서 칼리지로 올라간다. 미국의 여성보다 대단히 면학적이다. 그러므로 처녀 생활의 대부분은 학생 생활이다. 규율이 바르고 진실하다는 것은 위에도 말하였으나 또한 학생답고 쾌활하고 운동과 공부를 다 열심히 한다. 그러나 칼리지에 가서 공부를 더 할 수 없는 색시들은 소학교나 하이스쿨을 졸업하고서 곧 외국 가정에 가정부로 간다. 영국에서 가정적으로 훈련을 잘 받았으므로 남의 가정에 가서 살림하는 데도 착실하고 진실하고 아이들에게는 가정교사 노릇도 하여 성적이 대단히 좋다 하며 이 직업을 가지고 매년 외국으로 가는 여성의 수가 늘어간다고 한다. 이 외에도 직업 부인으로 젊은 색시가 노동하는 이가 많다. 그러나 육체노동은 수가 적고 대개 비서 사무원, 타이피스트 등 기술 사무직에 종사한다.

8월 15일에 파리로 다시 돌아갔다.

남청색 하늘 뜨거운 볕 아래

정열의 스페인행

길가에 쓰러져 가는 집이 있으니 여기서 돈키호테가 쓰던 집이라 한다. 아, 어딘지 모르게 스페인은 신비적 냄새가 흐른다. 유럽의 다른 나라에서 보지 못하는 남청색 하늘 뜨거운 볕 아래 흙을 밟으며 돌아올 때 멀리 보이는 고성은 희랍의 건물 같고 푸르게 흐르는 물 좌우편에는 무슨 식인지 이상스러운 토벽 문이 있어 그 근처는 절경을 이루었다.

런던에서 스페인으로

8월 25일 오전 9시에 스페인을 향하여 떠났다.

다음 날 아침 9시에 스페인 피서지로 유명한 생 세바스티앙 Saint Sébastien에 도착하였다. 시가지 중에 해안이 있어 시설이 굉장하였다. 길에는 타마루라란 나무 가로수가 있어 자못 유연한 맛을 주며 아름답다. 평상시는 시민이 5만 명인데 하절에는 두 배가 되어 호텔마다 만원이다. 호텔 음식은 올리브 기름을 넣은 요리가 많아 비위가 상하였다.

투우장

스페인의 투우는 다 아는 바와 같이 유명하다. 뿔 돋은 소를 캄캄한 창고 속에 넣어 두었다가 문을 여니 뛰어나와서 사방으로 위기 좋게 뛰어다닌다. 우선 기마 기사가 두세 번 창으로 찔러 숨을 죽인 후 금은색복과 모자를 쓴 기사가 벌건 보를 들고 색종이로 만든 꼬챙이 3개를 소의 등성머리에 꽂고 다시 칼을 가지고 숨구멍을 찌르니 소는 발광을 치다가 피를 토하고 거꾸러져 죽는다. 아, 그러면 관객들은 악을 쓰고, 손바닥을 친다. 귀부인에게서는 화환이 떨어지고 북적북적한다. 만일 죽지 않으면 사람이 진 것이 되어 관람석으로부터 방석이 풀풀 날려 기사를 때리며 외친다. 때에 따라서는 기사가 서너 명씩 죽어 나가는 수가 있단다. 아, 유순하고 정직하고 근실한 소는 기묘한 사람의 기술에 놀림을 받아 최후를 맞는다.

다음 날에는 종일 비가 와서 오전에 해수욕 좀 하고 방 속에서 지냈다. 밤 9시에 떠나 수도 마드리드로 향하였다.

마드리드Madrid

오전 9시에 마드리드에 도착하여 내셔널 호텔에 투숙하였다. 스페인은 지리상으로 유럽 서편에 있으나 상고 신화에 의하면 피부 상으로는 유럽이라고 할 수 없는 곳이다. 스페인 반도는 생기기가 소와 같고 또 바다에 둘러싸여 있어서 여러 나라가 침입하기 쉬웠다. 그리하여 스페인이 최초의 세계적 관문이 되었고, 르네상스 이후로 미국의 항로가 되어 항상 서북쪽 사이에 전장지가 되어 있었다.
스페인 사람은 딴 나라 사람과 달라 지리적으로 세계적 문이 되어 오고 가는 인종이 많아 그리스인, 로마인, 보헤미아인 등 잡종이 많았다. 스페인 부녀는 머리에 모자를 쓰지 않고 흑색

망사를 쓴다. 머리가 검고 키가 작으며 얼굴이 둥글고 푸근하며 검고도 정열 있는 눈이 검은 망사 속으로 으슥히 비쳐 보이는 것은 말할 수 없이 아름다웠다. 스페인 여자는 반드시 사랑의 보답을 한다는 전설도 들은 바 있어 더욱 유심히 보였다.

아카시아 삼림 위에는 청남색 강한 햇볕이 쪼이고 그 사이로는 백색 석조건물이 보이고, 파초가 늘어진 가운데는 여신 동상이 곳곳에 있고, 기염 차게 물을 토하는 분숫가에는 웃통 벗은 노동자, 유아들이 한참 무르익은 멜론을 벗겨 들고 앉아 맛있게 먹고 있다. 아직도 원시적 기분이 많고, 도로에는 흙먼지가 많아 유럽 중에는 보지 못하던 동양적 색채가 있으며, 마차가 많고 노동자가 많으며 걸인이 많다. 미국을 발견한 콜럼버스가 스페인인이요, 오페라로 유명한 카르멘이 스페인 여자다.

스페인 예술

스페인의 예술은 매우 다양하다. 이는 지리상으로나 모든 관계상 여러 인종이 침입한 까닭이다. 작품으로는 선배가 후배에게 전하는 노력이 있을 뿐 아니라 왕왕 천재가 나서 세상을 놀라게 한다. 고대부터 여러 가지 아름다움을 가지고 중세기 암흑시대에 조그마한 불꽃을 가졌다가 근세에 와서는 지도자가 되었을 뿐 아니라 유럽 각국이 침잠하였을 때 스페인은 큰 화가를 가져 매우 흡족했다. 스페인 그림은 강하고도 매혹적이었다. 또 민간으로는 형용할 수 없이 신비적이었다.
고야는 기천 년 전 스페인 조상이 가졌던 원시적 분위기와 환상을 현대에서도 오히려 주장할 만하다는 것을 보였다. 우리는 그러한 오리지널을 인정할 수 없으나 스페인의 회화는 역사적 계통이 확실하다는 것은 명언할 수 있다.
14세기 때 동방의 영향을 많이 받았고, 후년에 천재 그레코가 나서 뒤를 이었고, 후인 화가 중에는 이탈리아 피렌체파의 영향을 많이 받은 자도 있다. 후앙 2세 때는 전반적으로 분위기가 이탈리아로 향하여 유학을 갔고, 대가의 그림도 가져왔다. 그때 로마 교황이 대 화가를 스페인으로 외교관으로 보냈다. 이후 18세기에는 국민적 예술이 전성시대가 되어 이탈리아와 프랑스 화가들이 스페인으로 배우러 왔다.

마드리드 궁전

명소 중의 하나인 마드리드 궁전 구경을 하러 갔다. 규모가 그다지 크지는 아니하나 내부의 치장은 역시 아름다운 것이 많았다. 사방 벽이 모두 자수요, 훌륭한 천정화도 많았다. 식당 문에는 돈키호테의 모습이 직물로 되어 있다. 나오다가 성당 하나를 보았다. 채플 여섯이 있고 중앙 채플에는 예수의 사적이 그려 있고, 출입문에는 아름다운 목조가 많이 새겨 있다.

고야의 묘

시외에 있는 고야의 묘를 전차를 타고 찾아갔다. 이 건물은 전에 성당인데 고야의 걸작 천정화가 그려 있다. 그리하여 세계인이 모여 들어 고야의 시체를 여기다가 옮겨놓고 옆에 이와 똑같은 성당을 지어 놓았다. 중앙은 묘요, 좌우 채플에는 고야의 걸작 「설교자의 군중」이 그려 있다. 이 그림은 필립 4세가 호색가여서 성당에 미인이 있다는 말을 듣고 침입하려고 할 때 성당 안에서 신부가 십자가를 들고 막으러 나오는 것이다.

고야는 숯장수의 아들로 바위에 숯으로 그림을 그리고 있었다. 이 재능을 본 어느 신부가 택하여 그를 공부시켰다. 15세부터 방탕하여 여자로 인하여 살인까지 하였다. 이탈리아에도 가 있었고 투우사도 되고 갖은 짓을 다 하였다. 그러므로 그의 작품은 유순한 것과 비참한 것이 겸하였다. 화면에도 이것을 잘 표현시켰다.

고야는 만년에 시력이 쇠약해지고 귀머거리가 되고 빈핍하여 판화를 묘하려고 1828년 5월에 조국을 떠나 멀리 적막한 남프랑스 보르도Brodeaux에 우거하였다가 파란 많은 82세를 최후로 마치고 말았다. 그는 죽었다. 그러나 살았다. 그는 없다. 그러나 그의 걸작은 무수히 있다. 나는 이 묘를 보고, 그 위에 그 걸작을 볼 때 이상이 커졌다. 부러웠고 나도 가능성이 있을 듯 생각났다. 처음이요, 또 최후로 보는 내 발길은 좀처럼 돌아서지를 못하였다. 내가 이같이 감흥을 느껴 보기는 전후에 없었다.

극장 구경

밤에는 극장을 찾아갔다. 길도 거의 알다시피 하여 차츰차츰 찾아간 것이 옳게 들어섰다. 극장 근처에는 너절한 사람이 많았고 궤짝 위에 놓고 파는 행상인도 무수하였다. 마치 조선의 전라도나 경상도 같았다.

극장 문이 열리니 서로 앞을 다투고 악을 쓰고, 떠밀고, 야단이다. 다른 유럽에서 보지 못하던 유아들을 데리고 와서 울고 짜고 한다. 극은 구극이었다. 중국 의복과 흡사하고, 소리를 빼서 노래하는 것은 일본의 나니와부시 같은 감상이 났다. 스페인 춤으로 유명한 캐스터네츠를 두 손에 들고 딱딱 소리를 내며 추는 춤도 있었고 깍지를 껴서 추는 춤도 있었다. 역시 유럽 각국에서 보지 못하던 독특한 분위기가 있었다.

프라도 미술관

파리 샹젤리제를 모작하였다는 카스티야나 동쪽으로 걸으면 시벨레스 광장 가까이 아토차역 정거장 지붕이 보인다. 국왕의 대관식과 결혼식을 행하는 상 헤로니모 성당 첨두가 보이는 곳에 레티로 공원의 푸른 나뭇잎을 뒤로한 적연와와 백색 수성암으로 된 높은 건물이 보인다.

유럽에 3대 화랑이 있으니, 즉 파리 루브르, 런던 내셔널 갤러리, 마드리드 프라도 미술관이다. 입구 정면에 있는 고야의 동상과 측면에 있는 벨라스케스 동상이 곧 보인다. 역사에 의하면 중세기 말까지 곳곳은 버려진 땅이었다. 그 후 대로가 되어 왕족, 귀족들의 산 보장이 되었고 귀족의 영양과 공작들과 아름다운 사랑을 속살거리는 장소가 되었다.

카를로스 3세는 박물관을 치우기 위하여 현재 미술관을 건설하였다. 벨라스케스, 엘 그레코, 고야 등 천재가 차례로 배출하여 현재 세계에 드문 명 미술관이 되었다. 양으로나 질로나 실로 세계적 미술관이다.

마드리드는 다른 도시와 같이 내놓을 만한 성당도 없고, 전설도 역사적 아무것도 없건만 이 도회를 찾아 세계인이 모여드는 것은 오직 이 프라도 미술관이 있는 까닭이다. 나는 이 미술관 안에 발을 디딜 때 과도한 기대로 심장이 뛰었다. 가벼운 충동이 내 몸에 파급하였다. 현재 스페인이 가지고 있는 가장 위대한 작품은 다 이 건물 중에 있는 것이 아닌가. 만약 천재 벨라스케스, 고야, 그레코, 리베라, 그 외 허다한 명장 걸작이 없을 것 같으면 스페인은 무엇을 가지고 자랑하려는가. 미술관 정면으로 들어가면 긴 방이 보인다. 좌편에는 이탈리아파실이 있어 라파엘로 그림과 다빈치의 「조곤다」가 있다. 고대화 진열실은 지하실이요, 정면실에는 스페인이 탄생시킨 많은 천재의 작품이 있다. 벨라스케스의 「궁전 생활」, 「기록」, 「수루바랑의 음울한 사제」등 엘 그레코의 신비적 그림, 고야의 「피 흘리는 전쟁화」는 모두 고시대의 생활 기록이나 현재 우리와 같은 심사를 가졌고, 고통을 하였고, 감격하여 생을 살아왔다.

고야의 「취한 여자의 나체도」, 「1808년 5월 23일 사건」, 「십자가 위의 그리스도」가 있다. 모 일본인이 고야의 그림을 카피하려고 3년 동안을 다녔으나 카피를 못 하였단다. 실로 고야의 거대한 솜씨는 재래 회화에 대한 도전이요, 신시대의 효종이었다. 화랑 중앙에서 나와 조용히 사방을 보면 일종 장엄 정숙한 감이 생기며 우리의 마음은 현세에서 멀리 떠나 전혀 별세계로 끌고 간다.

그레코는 우리가 주거하는 세계의 인물과 사물을 그리지 아니했다. 사람의 영혼을 그렸다. 그러므로 그레코의 그림은 육안으로는 알 수 없고 마음으로 감미하여야 한다. 그는 흑색을 많이 썼다. 그레코는 고야보다 200년 전에 태어나서 미켈란젤로와 라파엘로 전설을 제일 먼저 깨트렸다.

그레코 살던 집을 찾아

톨레도Toledo는 마드리드에서 기차로 한 시간 간다. 톨레도는 스페인 중 고대도시일 뿐 아니라 희랍인으로 여기 주택을 두고 일생을 화계에 종사한 엘 그레코가 살던 곳이다. 세계 각국인이 스페인의 미술을 찾아올 때는 반드시 이곳에 들러 그레코의 독특한 필법을 보고 배워가는 자가 매년 증가한다.
여기는 고대건물 사원이 많고 또 아라비아인이 육백 년 동안 살던 집들이 있고 그림 아카데미가 있으며 그레코가 살던 집이 있어 진열관처럼 되어 있다. 그레코의 작품이 무수히 진열되어 있다. 거기서 어느 사원에 있는 그레코의 걸작 하나를 구경하였다.
길가에 쓰러져 가는 집이 있으니 여기서 돈키호테가 쓰던 집이라 한다. 아, 어딘지 모르게 스페인은 신비적 냄새가 흐른다.
유럽의 다른 나라에서 보지 못하는 남청색 하늘 뜨거운 볕 아래 흙을 밟으며 돌아올 때 멀리 보이는 고성은 희랍의 건물 같고 푸르게 흐르는 물 좌우편에는 무슨 식인지 이상스러운 토벽 문이 있어 그 근처는 절경을 이루었다.
오후 7시 차로 도로 마드리드로 돌아갔다. 얼마나 유쾌한 일 일이었든지.

다음 날 아침 오전 9시에 마드리드를 떠나 프랑스로 향하였다.

다시 파리로

다시 파리로 돌아가는 차 중에는 스페인인이 많았다. 어찌나 말이 많은지. 스페인인은 일반적으로 말이 많단다.
우리는 이제부터 본국으로 돌아갈 준비를 하게 되었다. 배표를 사고 날짜를 조사해 놓았다. 세월도 속하다. 어느덧 일 년 반이 지나갔다. 구경도 많이 하고 돈도 많이 썼다. 대체 얻은 것이 무엇인가 아직 비빔밥 같아서 정신을 차릴 수 없다. 있는 동안 이용할 수 있는 대로 이용한 것은 자신에 부끄럼이 없다.

누구든지 파리에 와 있다가 파리가 좋은 곳인 줄 알게 되면 떠나기 싫어한다. 그리하여 먹을 돈은 없고 가기는 싫고 하면 가진 참극 비극이 다 생긴다. 그런 사람들은 무책임하고 기분적으로 살며 남을 속이고 빼앗기를 예사로이 한다. 파리 자체는 아름다운 곳이나 외국인들을 버려놓는 것이다. 과연 파리 인심은 자유, 평등, 박애가 충분하여 누구든지 유쾌히 살 수 있으며 이곳을 떠날 때는 마치 애인 앞을 떠나는 것 같다.
나는 파리를 다 알지 못한다. 그러나 떠나기가 싫었다. 좀 더 있어서 그림 연구를 하려다가 여러 사정으로 인하여 미주를 들려 돌아가기로 작정하였다.

나혜석 | Harbor in Spain | Oil on plywood

나혜석 | Border of Spain | Oil on wood

나혜석 | Beach in Spain | Oil on canvas

자유와 진취적 기상

미국의 도시들

미국인의 성격은 진취적 모험의 기상이 있으며 왕성한 부의 획득욕과 독립 자유심이 많다. 평등을 주장하며 노동을 귀히 여기고 쾌활하고 낙관적이며 기계 이용을 잘하고 공동 작업을 중시하고 해약을 좋아한다.

파리에서 뉴욕New York으로

9월 17일 오전 9시 50분에 생라자르 정거장에서 수인의 전송으로 미국을 향하여 떠났다. 얼마나 많이 파리 소식이 귀에 젖고 얼마나 많이 파리를 동경하든 그것도 과거가 되고 말았다. 대서양을 건너 미국 뉴욕까지 7일이 걸렸고, 오후 3시 반에 르아브르Le harvre에 도착하여 오후 5시 40분에 작은 배를 타고 7시 반경에 세계 제2위로 가는 머제스틱 영미 배를 타고 미국 뉴욕을 향하였다.

머제스틱은 총 무게가 5만 6,621톤이 되고, 총 정원이 일등석만 A, B, C, D, E, F의 등급이 있으며 일등석 인원 870명, 이등석 인원 730명, 삼등석 인원 1,316명, 합계인 2,636명이다. 설비는 침상, 의장, 테이블, 긴 의자, 작은 의자, 세면기, 남녀 선박 승무원을 부르는 벨이 있다. 곳곳에 살롱 즉, 응접실이 있고 스모킹룸, 객실, 오락실, 레스토랑, 유희실, 수영실, 아동유희실, 도서실이 있고 예배당이 있어 큰 호텔 같은 감이 생긴다.

선중에는 승객들이 소일하는 유희 기구가 있다. 2일에 한 번씩 경마가 있다. 만든 말을 이쁜 여자들이 각색 모자를 쓰고 나와서 한 여자가 호수 부르는 대로 옮겨 놓아 먼저 떨어지는 자가 승리가 된다. 댄스가 있고 활동사진이 있으며 연극이 있고 테니스, 탁구, 윤투, 실내골프, 당구, 바둑, 장기, 체스, 마작 등이 있다. 낮에는 낮대로 놀고 밤에는 밤대로 놀 수 있다. 과연 그들은 싱싱한 신체로 유쾌히 논다. 어느 것 하나 부럽지 않은 것이 없다.
일기가 명랑하여 하늘이 위아래 푸른데 검은 파도가 군데군데 백색점으로 번쩍이며 웅장한 머제스틱은 기운차게 7일간 달린다.

23일 오후 2시에 미국 합중국 뉴욕 항구에 도착하였다. 장덕수 씨와 윤홍섭 씨가 출영하여 반가이 만났다. 밤에는 인터내셔널 하우스에 가서 김마리아 선생을 만나 반가웠다.

뉴욕에서

뉴욕은 허드슨강Hudson River 하구 중앙에 있는 작은 도시로 지리 풍치가 공히 우수한 일대 양항이다. 최초에는 네덜란드 식민지이어서 뉴암스테르담이라고 일컫던 것이 후에 영국에 양보하게 된 이래 뉴욕이라고 개칭하였다. 백 년 전에는 인구가 겨우 십만에 불과하고 시가는 맨해튼 남단 일부에 불과하던 것이 지금은 이 전체 섬과 브루클린Brooklyn 등 주위 도시를 합하여 대뉴욕을 성하였다.

뉴욕은 인구가 900만 명 되는 세계 제일 대도시인 동시에 세 명마다 자동차가 한 대씩 있다는 자동차 많기로도 세계 제일이오, 집 높기로도 세계에 제일이어서 세계의 제일 되는 것이 무수하며 세계에 제일 되는 것을 자랑하는 곳이다.
도로는 남북과 동서로 분열해 있어 걷기가 매우 쉬우며 좌우에는 수십 층 집이 있어 하늘을 직면으로밖에 볼 수 없다. 뉴욕시는 북미의 상업 급 재계에 중심지인 동시에 세계 상업 급 금융의 중심지이다. 상공업에 활발한 것, 선박 출입의 빈번한 것, 무역의 거액인 것, 모든 것이 세계 제일 되는 곳이다. 도시의 대건물 중에는 30층 집이 20여 개가 있어 매일 집무자가 이만여 명이다. 하나의 작은 도시를 이루고 있다. 시의 중심 맨해튼과 롱아일랜드 간에 가설한 4대 철교는 길이가 이십 정 내외로 군함이 다리 밑으로 자유로이 출입하게 된다. 비행기가 우편물을 배달한다. 모든 사업에 세계 제일을 표어로 하는 미국인은 참으로 문명 정수의 권화한 대도시를 여기 건설하였다.

구경할 곳은 많으나 그 중 중앙공원, 하반공원, 그랜트 장군묘, 문호 워싱턴 어빙 생가, 동식물원, 극장 등이 있다. 여기에는 유럽 각국에서 이주하여 온 민족이 많아서 자못 복잡하다. 광대한 토지, 풍부한 물자, 희박한 인구, 자유스런 공기가 유럽인을 끌게 되었다.

미국인의 성격은 진취적 모험의 기상이 있으며 왕성한 부의 획득욕과 독립 자유심이 많다. 평등을 주장하며 노동을 귀히 여기고 쾌활하고 낙관적이며 기계 이용을 잘하고 공동 작업을 중시하고 해악을 좋아한다.

뉴욕 구경

인터내셔널 하우스는 우리 처소에서 가까이 있었는데 유명한 록구후에드 씨가 외국인 67개국 유학생을 위하여 독력으로 건설한 기숙사다. 설비가 완전하며 기분이며 풍기가 코스모폴리탄이다.

콜롬비아 대학에는 조선인 유학생이 많으며 도서관, 기숙사 및 각부의 시설이 대규모로 되어 있고 수천 명의 학생을 수용하고 있는 곳이다.

올워스 빌딩은 58층이다. 일명 마천루라 하여 뉴욕 독특한 장관 지상에 있으니 높이가 750척이다. 엘리베이터로 꼭대기에 올라가 보니 아랫집들은 마치 성냥 구비 올려 논 것 같았다.

메트로폴리스 뮤지엄에는 미켈란젤로의 조각이 많고 고대화도 많았다. 현대화는 프랑스 그림이 없지 아니하여 미국인의 작품은 영국 것보다 나아 보였다. 저녁에는 조선 예배당에 가서 김치 씨라기 국을 먹었다.

루스벨트의 기념일이라 하여 루스벨트 생가 구경을 나섰다. 루스벨트 누이의 강연을 위하여 각처에서 온 축전 낭독이 있었고 내빈들의 연설이 있었다. 마침 우리 집 가까이 있는 투표 상에 투표하는 구경을 하였다.

뉴욕 타임즈는 뉴욕에 제일 큰 신문사일 뿐 아니라 전 미주 내에 제일 큰 신문사다. 이날은 각지에서 보내는 투표 수효들이 신문사 외벽에 보고한다 모여 수만 군중이 입추의 여지가 없이 들어서 후보자의 이름과 투표 수효가 발표될 때마다 박수 가채와 고함을 치고, 어떤 여자는 엉엉 소리쳐 울기도 한다. 최후의 승리는 누구에게 이를는지.

시외에 있는 브라스크 파크에는 공원 안에 동식물원이 있다. 지우 한 명과 함께 일일을 유쾌히 산책하였다.

파라마운트 활동사진관은 인원이 수용되기와 건물이 세계 제일이란다. 내부 치장이란 형언할 수 없이 좋았고 규모가 컸다. 파라마운트 사제 영화는 세계 각국에 파급된다.

뉴욕 항구 입구에 세운 여자 동상으로 충천에 높이 서 있다. 이것이 바로 자유여신상이다.

워싱턴 D.C.Washington D.C.

뉴욕 펜실베니아Pennsylvania 정거장에서 워싱턴으로 향하여 떠났다. 미국 차에는 등수가 없고 한 사람마다 하나씩 의자가 있다. 연선은 중부지방과 달라 삼림도 있고 인가도 있고 도중 큰 도시는 필라델피아, 볼티모어 등이 있다. 기차가 멈추는 시가지도 적고 기차 내도 승객이 적었다. 미국 농촌은 유럽에 비하면 적막하다. 워싱턴 정거장은 깨끗하였다. 호텔에 투숙하고 한소제 씨와 김도연 씨를 만났다.

세상은 좁고 사람은 많다. 여기저기서 친한 친구를 만나게 된다. 우리 일행 한소제 씨 부부, 우리 부부, 김도연 씨는 한소제 씨의 자가용 자동차로 드라이브를 하였다. 가다가 멈추고 가리키는 집은 옛 주미 한국 공사관이었다. 조그마한 양옥 정문 위에는 태극의 국표가 희미하게 남아 있다. 이상히 반갑기도 하고 슬프기도 하였다.

워싱턴 구경

스미소니언 미술관에는 미켈란젤로의 조각 카피가 많고 그림도 많았다. 코로의 작품은 본국 프랑스에 있는 것보다 가작이 많았다. 돈이 많은 만큼 외국 것이 많다.

워싱턴 기념관은 흑인 노예 해방의 혁명을 일으킨 에이브러햄 링컨을 위해 놓은 전부 대리 석조의 건물이다. 입구 정면에 링컨의 동상이 있고 정원에는 못이 있어 유탑이 도영이 비치어 있는 광경은 말할 수 없이 아름다웠다. 워싱턴 기념비는 링컨 기념탑과 대립하고 있는 높이 555척이 넘는 첨비이다.

대통령 관사는 전부 백색으로 되어 있어서 백악관이라 한다. 이 관사와 계속된 집에는 역대 대통령 초상과 그들이 쓰던 기구를 공개한다. 비교적 간소하다.

중앙도서관은 1896년에 의회에서 건설하여 1898년 12월에 공개하였다. 문학책이 3만 3,000권이오, 외국어책도 적지 아니하며 총책 수가 141만 7,499권이오, 그림 13만 3,597점이 있어 세계에 제일 큰 도서관이라 하며 각 지방에 분관도 많이 있다고 한다.

미국 의회당은 캐피톨 언덕 위에 있어 캐피톨이라고 명칭한 것이다. 중의원, 원로원, 대심원이 있으며 실내에는 워싱턴, 링컨, 프랭클린, 콜럼버스 등의 초상화가 있고 독립전쟁 벽화 중에는 합중국 성립 당시 헌법에 조인한 각주 대표자의 초상이 있다. 동회의 도서관 내에는 독립 선언서와 합중국 성립

시 헌법과 독립선언서에 사인 한 사람들의 사진이 있다.
콩코르디아 교회에 대통령이 매 일요일 예배 보러 온다기에 구경 갔다. 대통령이 들어올 때나 나갈 때 군중은 모두 기립한다.

서재필 박사와의 만남

워싱턴을 떠나 중간에 필라델피아Philadelphia에서 내렸다. 자동차로 시외 한적한 곳이 있는 병원을 찾아갔다. 응접실에 앉아 있으려니 강장한 중노인 서 박사가 나와 반가이 악수하여 준다. 우리는 잠깐 조선 문제에 대하여 토론한 후 병원 구경을 하고 거기를 떠났다. 뉴욕에 도착하니 심야 1시였다.

다시 뉴욕

11월 29일은 추수감사절이다. 이날은 각 학교가 놀고 각 사무를 폐하고 칠면조를 구워 같이 먹으며 즐겁게 논다

작년 크리스마스는 독일서 보냈다. 올해 크리스마스는 미국서 보게 된다. 이날은 가가호호 소나무와 가진 장식품을 다 해 놓고 즐겁게 논다. 나는 박 부인과 함께 제일 큰 회당에 가

서 구경하였다. 밤에는 조선 기독교회에 구경 갔다.

미국 젊은 여성들에 대하여

그들이 색시의 대우를 받게 되고 정말 색시라고 할 만한 자격을 가지는 때는 연령이 20세 이후라고 하겠다. 우리 조선에서는 나이 14, 5세부터 훌륭한 색시 대접을 받지만은 미국에서는 14, 15세쯤 된 여학생이면 스커트는 무릎 위로 올라가도록 짧게 입고도 뛰어다니는 천방지축들이다. 그러므로 이때는 이름을 부를 때도 미스를 부치지 않고 마리-라거나 메리-라고 이름을 부른다. 아버지나 형제자매는 물론이고 하녀까지라도 마리-나 메리-라고 부른다. 이 시기에는 식탁도 가족과 같이할 수 없고 손님이 있는 자리에는 못 나온다.

그러나 18, 19세가 되면 비로소 스커트가 무릎을 덮을 만큼 내려오고 이름에도 미스가 붙기 시작하고 제법 식탁에도 차례가 가고 색시 대접을 받기 시작한다. 보통 중류 이상의 색시는 17, 18세 때 하이스쿨에서 칼리지로 올라가서 전문 공부를 하지만 졸업하기 전에 그만두는 것은 대개 결혼하기 위함이다.

미국의 어머니들은 이때부터 책임 하나가 더 는다. 그는 딸에게 좋은 배필을 고를 만한 기회를 주어야 하는 까닭이다. 어머니는 기회를 주고 딸은 선택하는 역을 맡아 각각 결혼 준비를 하며 대개는 18, 19세로부터 20세 넘은 색시가 많다.

어머니는 여러 가지 모임을 주최해서 여러 사람을 가정에 모으고 또는 무도장에 딸과 동반하여 참석해 여러 사람과 접촉할 기회를 준다. 이 시기가 되면 색시들은 하이스쿨 시대에는 보지 못하든 몸 장식을 하고 모임에 참석하여 자유롭고 선명하게 담화를 주고받는다. 그러나 예스와 노를 분명히 하는 것은 이래도 응 저래도 응하는 조선 색시와는 과연 다르다. 그러한 기회마다 남자 친구를 얻는다. 그러나 어정어정 집까지 찾아가는 우리네 색시와는 달라서 자기 집으로 찾아오기를 기다려서 부모의 허락을 맡고 함께 외출을 한다. 외국에서 알기는 남녀의 교제가 너무 자유로운 것 같다고 말을 하지만 어느 정도까지는 부모의 엄격한 감독 아래서 교제를 한다. 더구나 중류 이상의 가정에서는 산책을 하러 갈 때도 반드시 아버지나 남자 형제 혹은 가정교사가 따라나선다. 그러나 여자 하인은 절대로 같이 다니지 않는다. 왜냐면 하인과 동등해야 한다는 생각으로 그러함이며 미국에서는 한 걸음 떨어져 오는 여자를 데리고 다니는 사람은 볼 수가 없다.

앞서 말한 것 같이 그렇게 자유롭게 교제를 하는 중에 미국 색시의 결혼 조건으로 제일 먼저 생각하는 것은 『이 사람은 일평생 돈에 몰리지 않고 지낼 수가 있을까? 없을까?』 다. 문벌이고 지위고 문제가 되지 않는 미국 처녀들의 동경은 오직 돈이다. 돈을 제일로 여기는 사상은 모던 걸은 말할 것도 없고 상당한 가정의 색시에 이르기까지 일반적인 생각이다.

근본부터 사랑이라는 것은 돈이 있은 다음에 생기는 것이므로 돈 있는 남자를 얻고 동시에 사랑을 얻은 사람은 가장 행복한 제비를 뽑은 사람이지만, 흔히 돈은 얻었으나 사랑이 없는 쓸쓸한 가정에 이르는 것이다. 결혼 전 비교적 엄격하였던 아메리카의 남녀교제가 결혼 후에 자유로워져서 문란해지는 것은 이러한 가정에 출발점을 둔 것이 그의 큰 원인이 아닐까 한다. 그러나 만일 파탄의 날이 온다고 하여도 이혼 소송이나 위자료 청구나 여인 왕국인 아미이가에서의 재판은 늘 여자가 이기는 것으로 그들의 제일 조건은 언제든지 깨어지는 법이 없다.

그러므로 영리한 여자는 제일 조건을 갖추어 있는 사람을 찾아다닌다. 사랑은 경품 뽑듯 돈을 얻은 다음 천천히 얻으면 더욱더 좋고 못 얻으면 그만이라는 생각을 가지고 있다. 그러므로 젊은 색시들은 정치 운동에 머리를 썩이는 이가 거의 없다. 여성 운동의 리더가 되는 사람은 대개가 쓴맛 단맛 다 맛본 중년의 부인들이다.
그래서 젊은 색시들은 가정에서 라디오나 축음기를 즐겨 듣고 교제술에다 마음을 쓰고 결혼을 기다리고 중류 이하의 직업 부인으로 노동을 하는 색시들은 운수 좋으면 행복한 결혼을 하고 그렇지 않으면 여자들도 얻을 수 있는 지위와 상당한 보수를 바라고 노동을 한다.

뉴욕 출발

정월 12일 밤 9시 20분 차로 여러 고마운 친구들의 전송으로 뉴욕을 떠났다. 친구 중 한 명의 송별 시가 이러하였다.

> 동쪽 하늘이 밝지 못함이어,
> 새벽잠이 깊었도다
> 나무에 불이 붙지 못함이여
> 큰물에 오래 젖었도다
> 난초의 지초와 같이 남이어
> 초부가 모르고 버히리로다

저기 가는 한 쌍의 외로운 기럭아
쉬지 말고 바로 가라
네 뒤에 적은 배와 바람이
옷 젖을까 하노라
이름 없는 사냥꾼이 넘어 만홈이어
오히려 포수는 놀고먹도다
초장에 물이 마름이어
언제나 비가 내릴꼬
냇물이 한편으로 흘러감이어
농사에 큰 방해로다

나이아가라Niagara 폭포

외로운 한 쌍의 영혼은 좁은 뱃속에서 하룻밤을 지났나 외경은 백설 세계였다. 버펄로Buffalo에서 환승하여 오전 11시에 나이아가라 폭포에 도착하였다. 카타메 하우스에 투숙하였다.

나이아가라 폭포는 이리호로부터 와서 온타리오호에 낙하하는 장대 무변의 대 비류(수면 300척)이다. 시가지는 문인 묵객을 상대로 하는 만큼 시설이 번잡하고 교통기관이 사통팔

달케 되어 있다. 좌우 상점에는 토인 풍속 완물들의 산물이 진열되어 그 원시적 예술품에 마음이 쏠리게 된다. 설풍에 견딜 수 없고 발이 떨어져 나갈 듯하다. 우리는 택시로 동경하던 나이아가라 폭포를 구경하리 나섰다. 삼림이 우거진 공원을 들어서니 삼나무에 엉키어 있는 눈이 나무 전체가 되고, 그것이 백삼림이 되어 과연 장엄한 자연미를 보인다. 이미 듣던 바와 같이 나이아가라 폭포 광은 넓기도 하며 매우 높은 언덕으로 되어 있다. 나이아가라 폭포가 된 천은 미국과 캐나다 편이 되어 있다. 즉 합중국 이리 호수가 캐나다 온타리오 호에 낙류 하는 모습인데 중앙에 고트섬이 있어서 폭포를 양분하여 그 하나는 미국이요, 다른 하나는 캐나다에 속한 폭포이다. 그것이 크게 얼음판이 되고 또 고드름이 되어 있는 위로 내리쏟는 광경이란 매우 아름답다. 더욱이 밤에는 일루미네이션으로 비추어 갖은 찬란한 색채로 나타나는 광경 시베리아 통과 시에 보는 오로라와 같은 일종의 딴 경색을 내고 있다.

사람은 자연을 위대하게 만들지만, 그 힘은 자연에서 나오고 자연 창조에게로 돌아가고 만다. 거기서 우리는 새 아름다운 것을 얻고 또 볼 수 있다. 폭포의 광경은 미국 편보다 캐나다

편이 정면이라고 하여 관객들은 반드시 그곳으로 구경 간다. 우리는 1인 5달러씩 내고 철교, 즉 국경을 건너 영국 영지 캐나다로 가서 보았다. 과연 아름다움이 극치에 달하였다.
유럽 각국에는 어느 곳을 물론하고 조그마한 시가지라도 반드시 진열관이나 박물관이 있어 토지 상황을 소개하고 있다. 여기에도 나이아가라 폭포 진열관이 있어 본토 인종의 원시적 생활 상태를 동물, 식물, 광물 등 각종으로 진열해 놓았다. 사진은 모두 본토 인종의 원시생활 상태였다. 백인과 토인 추장의 딸과 혼인하여 사는 것이었다. 그들은 이렇게 말한다.
"연애는 신의 불꽃이다. 모든 것을 미화하고 정화한다. 산문적인 우리에게 시를 준다. 대지에 초아를 돋게 하는 밤이슬이다. 사람 혼에 맥박을 듣게 한다. 인생에 빛을 비추고 희망을 준다. 연애를 체험한 사람이 아니면 참 인생의 혼의 속을 들여다보았다고 할 수 없다. 자신이 인생을 존귀하게 살 수 없다. 아마 진의 사랑은 영혼뿐 아니요, 육체뿐만도 아니라 영육 사이에 있어 신과 인간 사이에 도래하는 것이다."

이럭저럭 9일간이나 따뜻한 방 속에서 한가로이 몸과 마음을 안정했다. 21일 오전 7시 50분 차로 이곳을 떠났다.

시카고는 인구 250만을 가진 미국 제2의 대도시요, 세계에서 굴지하는 대 상공업 도시다. 미시간호에 면하여 연안선이 길 뿐 아니라 운하가 있고 6대 정거장이 있어 물자가 집산하여 공업의 성대한 것은 뉴욕 이상이라고 한다. 시가는 구획 정연하여 지상 및 고가 전차는 종횡으로 질주한다. 교통이 편리하고 매우 훌륭한 공원이 다수 있다. 링컨 파크, 잭슨 파크 등은 세계 유수한 공원이다. 세계 제일이라는 마샬 필즈 백화점, 유니온 도살장, 뮤니시펄 잔교, 부르만 회사 등이 있고, 그 외 미술관, 박물관, 시카고 대학이 있다. 워싱턴 공원 입구에 대석상이 있으니 「시간 분수」 조각이다. 세계 최대의 온실이 있어 열대 초목이 울창해 있다.

블랙스톤 호텔은 시카고 제일가는 호텔일 뿐 아니라 세계에 제일 큰 호텔이란다. 방이 3,000개요, 26층이다. 내부에는 취인소를 위하여 각 상점이 있고, 댄스장, 이발소, 판매부가 있어 마치 시장과 같고, 여객에게 방 표라는 것은 마치 정거장에서 표 파는 것 같이 수십 개가 있다.

어느 곳을 가든지 반드시 미술관을 보게 되는 것은 무슨 의무

같이 되었다. 여기서도 아트 뮤지엄에 갔다. 그림 중에는 이탈리아 고대화 카피가 많았다. 근대화로는 프랑스 인상파 화가 중 고갱, 고흐, 세잔, 르누아르, 시슬리, 피사로, 드가 것이 있고, 현대 그림으로는 마티스, 위트릴로, 루소, 뒤샹 것도 있었다. 조각에는 미켈란젤로 작품이 3개 있었다.

2일간 그랜드캐니언Grand Canyon

시카고를 떠났다. 이상스러운 빙하가 보이고 설산이 멀리 보이며 토성과 같은 적토산이 웅대하게 벌판과 들이 쑥쑥 막혀 있어 토인종의 토굴 생활을 연상시킨다. 넓은 들에는 머리만 흰 소가 고개를 늘이고 있으며 석탄과 같은 조약돌이 이상하게 눈에 띄고 원시적 토인의 작은 집이 군데군데 있다. 중간 정차가 매우 오래서 10분 혹 20분씩 하여 그동안 토인종들의 수공을 구경할 수 있고, 또 살 수도 있다.

괴이한 경치로 유명한 그랜드캐니언에 내렸다. 엘 토바 호텔에 투숙하였다. 스위스의 경색이 예쁘고 작다 하면 미국 자연 경색은 크고 잘 생겼다. 캐니언은 협곡의 의미요, 층암과 깊이 1마일, 폭 1마일의 암석 단층은 마치 인도에 있는 피라미드 같아서 천길 밑바닥에서 무수하게 치솟았다. 그것이 석양에 비칠 때는 자연에 영색한 것 같아 일견 매우 웅대하다. 골짜기 바닥에 광선에 반사되는 모습이며 콜로라도 강이 흘러 은유를 이루는 미관 또한 형언하기 어렵다. 암석 자신이 아름답다. 광선에 따라 그 색이 청색, 회색, 황색, 적색으로 변한다. 그리하여 태양의 위엄과 자연을 확실하게 형체 상으로 볼 수 있다. 토인들은 이곳을 천국으로 통할 길이라고 한단다.

여기서 1박하고 다음날 오후에 매인 12달러씩 고가 표를 사가지고 자동차로 산악의 중앙점과 종점까지 장거리를 왕래하였다. 조망대 있는 곳마다 내려서 보는 산악의 기암괴석은 장관이었다. 돌아와서 행장을 차려서 오후 8시에 이곳을 떠났다.

2일간 로스앤젤리스Los Angeles

여기서 통한 열차 내에는 여객의 안위와 오락을 중요시하여 침대차, 식당차, 전망차 등, 설비가 완전하여 전망차에는 골패실, 서적 열람실, 접객실, 전망실이 있어 모두 아름답고 우수한 장식을 하여 놓았다.

로스앤젤레스는 항상 난화하고 아름다운 도회로 밀감 밭 소재지, 야채 시장, 화시장 등이 저명하다. 또 미국 동부인들의 피서지이다. 일본의 오사카Osaka와 같이 주변에 유람지가 많아서 어디든지 전차로 갈 수 있고, 수많은 해수욕장이 있다. 철교는 선로에 유를 바르고, 연료는 석유를 쓰는 고로 진애, 매연이 없어 편리하다. 시가지는 도로 좌우에 키 크고 잎사귀 큰 종려나무 가로수가 있어 그늘져 있어 시가는 종려나무 나무속에 파묻혀 있다.

할리우드는 세계적 유명한 활동사진 필름 제조소이다. 우리가 구경할 때는 마침 배우들이 나와서 촬영하는 현상을 보이었다. 배경으로 사용하는 설비는 굉장하였다.

9일간 요세미티Yosemite

겨울과 여름에 관광객, 피서객, 피한객을 위하여 특별열차를 공원 입구 엘포털까지 오게 한다. 승합자동차로 메르세드 강 계곡을 끼고 간다. 아와니 호텔에 투숙하였다. 이 공원은 수려한 산악, 폭포, 계류 및 기암으로 되었고 엘캐피탠, 브라이덜 베일, 리본, 튜이울랄라 등의 폭포는 저명하다.

마리포사 삼림은 요세미티에서 매일 자동차가 왕래하는데 직경 15피트에서 30피트까지, 높이 400피트 대수로 된 대삼림으로 세계에 유명한 곳이다. 이 공원은 35년 전에 공개한 곳으로 미국 내 수많은 공원 중에 제1위를 점하고 있다. 이 산의 특징은 사계가 다 좋아 봄에는 비가 적고 눈이 녹아 폭포의 물이 굵어지고 하절은 평지의 더위를 피하여 도회인들이 소옥 생활을 하고, 가을에는 낙엽이 아름답고, 겨울은 춥지도 아니하면서 적설이 많아 스케이트와 스키 놀이에 좋은 곳이다.

호텔은 인도식 건물로 내부는 전부 멕시코 디자인을 하고, 직물을 깔고, 벽에는 인도 사라사를 걸어 놓아 1기, 1품, 예술품 아닌 것이 없다. 눈은 푹푹 쏟아져 먼 산은 흐려지고 가까운 수목은 그 형상이 완연해진다. 거기 고귀한 사슴 떼가 입을 눈 위에 박고 거니는 것은 또한 보기 좋았다. 스키 단체인 여자들은 모두 팬티를 입고 활발히 논다. 토요일 밤마다 댄스회가 있어 구경하였다.

여기 광장에는 2,500척이나 되는 요세미티 폭포가 하늘에 흰 천을 친 것 같이 내리쏟아진다. 여기는 댄스장, 음악당, 수영장, 우편국, 도서실, 학교, 병원 연구실, 판매부 등이 있고 수백 개의 목조로 만든 작은 집이 있으며 사무소, 식당, 휴게소를 구비한 건물이 있다. 더욱이 박물관이 있어 특산품을 진열해 놓아 관객에게 취미와 실익을 준다.

6일간 샌프란시스코San Francisco

샌프란시스코는 90만 명을 가진 미국 태평양안의 대도시로 사계절 내내 봄과 같다. 미국 태평양의 관문이요, 인접한 주변의 인구를 합하여 인구 150만이요, 일본, 중국, 인도, 호주 등지의 무역선은 조석 산집 하여 동서 문명의 접속점이다. 시가 남단에 트윈 픽스가 있어 유람으로 오르면, 삼방이 바다에 면하고, 높은 집이 나열한 구를 내려다보면 색채 찬란한 일대 파노라마가 전개한 아름다운 장소를 관상할 수 있다. 태평양 안에는 세계 제일인 연장 5마일이나 되는 금문 대공원, 수천 유람객으로 덮이는 플라이 사커 대유영장, 서부 학술의 중심인 캘리포니아 대학, 프레지디오 병영, 일본 다과점, 음악당, 식물원, 동물원이 있다. 차이나타운은 그랜트가와 퍼시픽가 간에 있어 동양 미술품을 많이 수집하여 매우 발전하고 있다.

샌프란시스코만 입구를 가리켜 금문이라고 한다. 여기 금문 공원이 있어 잔디, 연못, 화단이 꾸며 있고, 미술관, 온실, 유희장, 동물원과 일본식 정원이 있다. 여기서 좀 가면 태평양 해변 일대 절벽이 있고, 해표암이 있어 바다 표범이 무수히 나와 앉은 것도 역시 구경하기 좋다.

나혜석 | Foreign Scenery | Oil on wood

이로부터 우리의 앞길은

태평양을 건너 고국으로

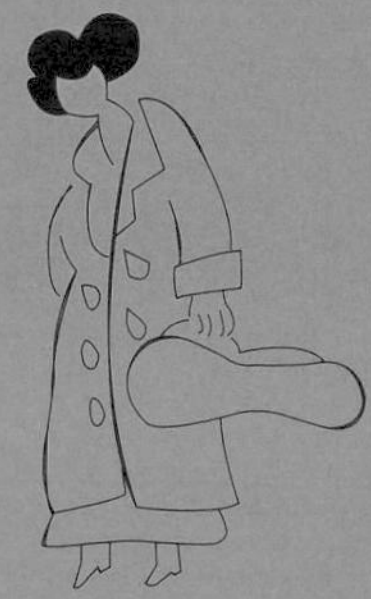

나는 꿈인지 생시인지 눈물도 아니 나오고 감정이 이상하다. 자동차로 동래에 돌아왔다. 1년 8개월 전에 보던 버섯과 같은 집, 먼지 나는 길, 원시 그대로 있다. 다만 사람이 늙고 컸을 뿐이다. 무엇보다 노모의 기운이 좋고 삼남매가 건강한 것은 다행한 일이다. 아, 아, 동경하던 구미 만유도 과거가 되고 그리워하던 고향에도 돌아왔다.

태평양 바다

2월 14일에 태양환을 타고 요코하마를 향하여 태평양상에 떴다. 태양환은 제1차 세계대전 때, 독일서 뺏어 온 일본 제일 큰 배로 진힝을 따라 선은 흑조를 순하여 속력으로 진행힌다. 물인지 하늘인지, 하늘인지 물인지 분별없이 태평양 중을 간다. 며칠 가다가 구명동의를 허리에 매고 풍랑 시 피난하는 연습을 한다. 선객에 대한 선원들의 대우는 똑같았다. 선장 이하 선원들의 친절한 대우는 유감이 없었다.

태양환 일등실 설비 및 그 생활이다. 실내는 좌우 대립 침대 2개가 있고 여자 승무원, 남자 승무원이 있어 여자는 걸, 남자는 보이이다. 목욕은 아침마다 하게 된다. 아침에 일어나서 커피를 마시고 조반을 먹고, 데크에서 놀 때는 차를 가지고 나온다.

4시에 다과가 있고, 7시 반 즈음에 저녁을 먹는다. 1등 식당, 부인 담화실, 끽연실, 산보 갑판, 도서실, 유희실, 수영실, 아동실, 응접실, 이발소, 세탁실, 아동 유희실이 있다. 운동 종목은 핑퐁, 윤투, 데크 골프, 데크 당구, 바둑, 장기, 브리지, 마작 등으로 석반 후에 살롱에서 으레 놀음이 시작되고, 낮에도 갑판 위에서 얼마라도 자유자재로 장난하게 된다. 그리하여 2만 2천 톤 되는 배는 2,000명의 선객을 싣고 쉴 새 없이 달아나며 그 위에서는 평지에서 하는 모든 동작을 하고 지낸다. 때로는 장대 완만하게 피칭으로, 또는 롤링으로 동작하는 소리가 나고, 때로는 취우거래하며 각각으로 아름답게 해가는 구름의 그림자가 보인다.

갑판 캐빈에 누워 소설도 보고 옆에 앉은 선객과 담화함도 상쾌하다. 수천 방불한 묘망한 파도 속을 화살과 같이 뚫고 가는데 지나가는 물고기 떼, 부절히 추선 종주하는 신천옹, 혹은 돌고래 떼와 부유하는 고래도 장관이었다. 1, 2차 해양 중 타기선과 조우할 때 양편 전원이 갑판 위에서 환호하는 소리, 상호 기적을 불어 안부를 신호하는 모습, 실로 인정미의 표현이며, 특히 월야에 신사 숙녀, 가족 동반 혹은 연인 동지 삼삼오오 데크에서 소요하는 광경 또한 시가 되고 만다. 활동사진, 음악회, 연극이 네 차례 있었으며, 최종일에 선원 일동의 출연 연극이 있었다.

곡목

수품(手品) 동양배변경(東洋背辯慶)

검극(劍劇) 국정충치삼수(國定忠治三數)

골계(滑稽) 댄스

춘극(春劇) 춘구2막(春駒二幕)

골계(滑稽) 만세(萬歲)

곡예(曲藝) 동양배변경(東洋背辯慶)

장시일 한배 안에서 기거를 같이하는 동안, 내외 승객은 오래된 친구와 같이 친밀해진다. 여흥 일정을 정하고 선객 중에서 임원을 건립하고, 또 그 장기대로 경기자를 택하였다. 일동은 웃음과 흥으로써 행복한 하루를 보낸다. 배에서는 무선 전신으로 통한 각국 소식은 선내 신문이 되어 밤마다 식탁에 1인 앞에 1매씩 보고한다. 이와 같이 해상에 떠서 세계 각국의 아침저녁 변화를 알 수가 있다.

25일 밤, 저녁 식사는 스키야키 요리가 있다는 소식이 널렸다. 다다미를 갑판 위에 깔고, 나이프와 포크를 내버리고 화복으로, 게다로, 젓가락으로 집어 스키야키와 정종으로 식사를 하게 된다. 그 진미 말할 수 없었다. 태평양 물결은 뱃머리를 치고 또 친다.

하와이 호놀룰루Hawaii Honolulu

하와이는 마치 연극 중에 나타나는 중막과 같다. 샌프란시스코에서 승선한 지 1주일 만에 육지, 사계절 내내 꽃이 피어 있는 하와이에 기항하는 호감은 일생을 두고 잊기 어려울 것 같다. 하와이는 미국 영지지만 동양인이 많고, 더구나 우리 동포가 많이 거주하는 곳이다.

하와이 군도는 하와이를 위하여 아홉 개의 도와 소수의 무인소도로 되어 있다. 통칭 하와이는 전설에 나타나는 하와이 최초 발견자 하와이로아의 이름으로 지은 것이다. 하와이는 양양한 태평양상 십자로에 위치하여 일방 아시아 대륙, 타방 아메리카 대륙을 보고, 남방을 호주에 면하고, 멀리는 파나마 운하를 통하여, 태평양 종단 횡단 선박에 급수, 급탄하는 항으로 유명하다. 그 외 해저 전신국, 무선 전신국의 소재지로 중요한 곳이다. 하와이는 군사상으로도 미국의 전초로 중요한 요지요, 해륙 쌍방의 요충지를 고수하고 있다. 진주만 군항이 있고 샤프터 병영, 스코필드 병영 등이 있다.

더구나 하와이는 동서 문화의 접촉점이어서 범태평양 의회의 발상지요, 동서양의 국제적 인종 문제 출발지인 동시에 사계 기후가 온화하여 피서지지, 휴양지로 이상적이다.

킹 거리 하와이 현 재판소 정전에 있는 카메하메하 1세 동상은 캡틴 쿡 하와이 발견 백 년 기념 때, 칼라카우아 왕이 건립한 것으로 상은 이탈리아 피렌체에서 주조한 것이다. 카메하메하 왕은 하와이 도를 통일하여 카메하메하 왕조를 수립한 추장이다. 그때부터 금일까지 금색 현황한 영걸의 상을 나타내고 있다.

호놀룰루시의 동북 7마일 떨어져 있는 누아누팔리는 카메하메하 1세가 하와이 통일 최종 전쟁을 치른 장소이다. 이곳은 천인절벽이 자랑이요, 여기서 부는 바람은 세계 제3위 풍속이라고 한다.

호놀룰루시 중앙 산중에 돌출한 해발 500피트의 사화산 펀치볼 정상에는 분화구 흔적이 남아 있다. 옛적에 섬의 추장이 하와이에 원정할 시, 많은 포로와 부녀자를 생포하여 개선 축하하는 연회를 열 때, 돌연히 산이 울리고 분화하였다. 그 생령이 춤을 추어 참혹한 추장을 경계하였다는 전설이 있다. 이 언덕에 올라서면 하와이시는 물론이요, 에와 경지, 진주만 군항, 와이파후, 아이에아 경지 등 먼 곳까지 우수하게 보인다.

다이아몬드 헤드는 고대 분화구의 적으로 지금은 미국 육군 오아후 요새지의 하나라 한다. 여기서 와이키키 해안을 갈 수 있다.

와이키키 수족관에는 하와이 근해에 있는 모든 어류가 있으니 오채칠색의 어족을 수집한 곳으로 세계에 저명한 곳이다.

호족 찰스 비숍 씨가 왕녀를 기념하기 위하여 여러 가지 공공사업에 투자하였다. 그중 비숍 박물관은 가장 가치 있는 곳으로 내벽에 용암 진재를 위하여 폴리네시아족의 기물, 생물, 태고 생활 상태 모형 조각 등을 망라해 놓아 남양 민족 견학으로 가장 편리하다.

하와이 출항

출항 시간이 되니 육지로 내렸다. 모여드는 선객 및 전송객으로 대단히 복잡해진다. 화속, 배에 걸친 색지, 목에 걸친 식물 열매를 꿴 목걸이를 파는 사람, 사는 사람, 사서 가는 사람, 목에 걸쳐 주는 사람, 야단법석이다. 나팔을 불고, 전송인이 내리고, 육지에서는 손을 흔들고 어떤 하와이 여인은 대를 지어 서서 하와이 춤을 추고 노래를 하여 일대 장관을 이루고 만다.
배가 떠난다. 나체의 원주민들은 선객들이 던지는 돈을 물구나무서서 집어서 나오고 어떤 자는 배 위로 올라와 돈을 거두어서 물속으로 떨어진다. 이 또한 구경거리였다.
아, 배는 다시 해양에 떴다.

선내 마지막 밤

선내 생활의 마지막 밤이 되었다.
식탁에는 선물과 각색 모자가 각각 놓여 있다. 모두 모자를 쓰고 앉았다. 선장의 인사가 있고 난 뒤, 미국 대사관 참사관 부인의 주례 하에 만세 삼창이 있었다. 식탁은 각각 관등대로 앉으니, 우리는 주인 사무장을 위하여 조선 척식회사 과장 노다 씨 부부도 있었다.

요코하마Yokohama

배 2만 2천 톤 되는 태양환은 샌프란시스코서 요코하마까지

거리 5,510마일을 17일 만에 오후 2시에 무사히 도착하였다. 부두에는 인산인해의 영접인이 보였다. 손을 들고 소리를 질러 갑판 위와 육지 사이에 인사가 있다. 우리를 맞으러 온 사람은 양재하씨와 김택진 씨이었다. 매우 반가웠다. 하선하여 도쿄로 가서 신주쿠 호텔에 투숙하였다. 도쿄 집은 모두 바라크 같고, 도로는 더럽고, 사람들은 허리가 새우등 같이 꼬부라지고 기운이 없어 보였다.

1주일간 도쿄Tokyo

이왕 전하를 위하여 지인 친우들을 찾았다. 혹 오찬을 주는 자, 만찬을 주는 자, 환영이 자못 컸다.

10일 오후 9시 30분 차로 도쿄역을 떠났다. 아아, 내 가슴은 쉴 새 없이 두근거린다. 동해도선을 질주하였다. 유럽과 미국의 경치에 비하면 산이 높고 수려한 맛이 있으나 기분이 적다.

부산 도착, 동래 귀래

12일 오전 8시에 부산에 도착하였다.

친척 일동과 노모와 세 아이가 나왔다. 나는 꿈인지 생시인지 눈물도 아니 나오고 감정이 이상하다. 자동차로 동래에 돌아왔다. 1년 8개월 전에 보던 버섯과 같은 집, 먼지 나는 길, 원시 그대로 있다. 다만 사람이 늙고 컸을 뿐이다. 무엇보다 노모의 기운이 좋고 삼남매가 건강한 것은 다행한 일이다. 아, 아, 동경하던 구미 만유도 과거가 되고 그리워하던 고향에도 돌아왔다.

이로부터 우리의 앞길은 어떻게 전개하려는가.

나혜석 | Village in France | Oil on canvas

꽃이 바람에 떨어지듯

아아, 자유의 파리가 그리워

아직 깨지 않은 꿈속에 사는 것이었다. 꿈 속에서 깨어보려고 허덕이는 것은 나 외에 아무도 알 사람이 없었다. 나는 로마 시스지나 궁전에서 미켈란젤로의 천정화 앞에 섰을 때, 스페인에서 천재 고야의 무덤과 그의 천정화 앞에 섰을 때 나에게 희망, 이상이 분출하였다.

귀국 후 나의 기분

생활 정도를 낮추는 것처럼 고통스러운 것이 없는 것 같다. 이상을 품고 그것을 실현하지 못하는 것처럼 비애를 느낀 것이 없는 것 같다. 내 의사를 죽여 남의 의사를 쫓는 것처럼 무의미한 것이 없는 것 같다. 그러면 나는 이러한 환경을 벗어나지 못할 그야말로 무슨 운명에 처하였는가? 그렇지 않으면 일부러 당하고 있는가?

구미 일주를 한 1년 8개월간의 나의 생활은 이러하였다. 단발하고 양복을 입고 빵이나 차를 먹고 침대에서 자고 스케치 박스를 들고 연구소를 다니고 아카데미 책상에서 불어 단어를 외우고 때로는 사랑의 꿈도 꿔보고 장차 그림 대가가 될 공상도 해 보았다. 흥 나면 춤도 추어보고 시간 있으면 연극장에도 갔다. 이왕 전하와 각국 대신의 연회 석상에도 참가해보고 혁명가도 찾아보고 여자 참정권론자도 만나 보았다. 프랑스 가정의 가족도 되어 보았다. 그 기분은 여성이오, 학생이오, 처녀로서였다.

실상 조선 여성으로서는 누리지 못할 경제상으로나 기분상 아무 장애되는 일이 하나도 없었다. 태평양을 건너는 배 안에서조차 매우 유쾌히 지냈다. 그러나 요코하마에 도착한 때부터 집은 나무 칸 같고 길은 시구렁 같고 얼굴은 노랗고 등은 새우등 같이 꼬부라져 있다.
조선에 오니 길에 먼지가 뒤집어 쓴 것이 자못 불쾌하였고, 송이버섯 같은 납작한 집속에서 울며 나오는 다듬이 소리는 처량하였고, 흰옷을 입고 걱정없이 걸어가는 사람은 불쌍하였다.

이와 같이 활짝 피었든 꽃이 바람에 떨어지듯, 푸근하고 늘씬하던 기분은 바싹 오그러들기 시작하였다.

귀국 후 나의 생활

조선와서의 나의 생활은 어떠하였나.
깎았던 머리는 부리나케 기르고 강동한 양복을 벗고 긴 치마를 입었다. 쌀밥을 먹으니 숨이 가쁘고 잠자리는 박히고 늘어선 것은 보기 싫었다. 부엌에 들어가 반찬을 만들고 온돌방에 앉아 비누질을 하게 되었다. 시가 친척들은 의리를 말하고 시어머니는 효도를 말하며 시누이는 돈 모으라고 야단이라. 아,

내 귀에는 아이들이 어머니라고 부르는 소리가 이상스럽게 들릴 만큼 모든 지난 일은 기억이 아니나고 지금 당한 일은 귀에 들리지 아니한다.

아직 깨지 않은 꿈속에 사는 것이었다. 꿈속에서 깨어보려고 허덕이는 것은 나 외에 아무도 알 사람이 없었다. 나는 로마 시스지나 궁전에서 미켈란젤로의 천정화 앞에 섰을 때, 스페인에서 천재 고야의 무덤과 그의 천정화 앞에 섰을 때 나에게 희망, 이상이 분출하였다.

이처럼 내가 많은 그림을 본 후의 감상은 두 가지다. 첫째는 그림은 좋다. 둘째는 그림은 어렵다. 내게 이 감상이 계속되는 동안에는 그림이 늘 수 없으리라고 믿는다. 그 외에 나는 여성인 것을 확실히 깨달았다. 지금까지는 중성 같았지만 말이다. 그리고 여성은 위대한 것이오, 행복한 자인 것을 깨달았다. 모든 물정이 이 여성의 지배 하에 있는 것을 보았고 알았다. 그리하여 나는 큰 것이 존귀한 동시에 적은 것이 값있는 것으로 보고 싶고 나뿐만 아니라 이것을 모든 조선 사람이 알았으면 싶다.

또 나는 구미를 만유하고 온 후로 일 년 동안이나 시집 살이를 살게 되고 많은 친척과 살게 되었다. 생각은 따로 두고 행동은 그들에게 쫓는 것도 역시 쉬운 일이 아니었다.

나는 이 고통, 비애, 무가치를 당하게 된 부득이한 사정이 있었다. 조선 땅을 밟을 때 이미 임신 8개월이었다. 이것을 분만하여 웬만큼 양육할 동안 자연스럽게 일 년이 지나고 만 것이다. 그 외에 내 머릿속이 뒤범벅이 된 것을 갈피를 찾자면 상당한 휴식과 시일이 걸려야 했었다. 또 나는 사물을 대할 때마다 이렇게 생각한다. 파리나 조선 지방이 그 인정이나 자연스러운 태도가 일치되는 점이 많다. 다만 파리는 문명이 극도에 달한 사교술이요, 조선은 미개한 원시적인 차이일 뿐이다. 그러므로 파리보다 조선에 따듯한 맛이 더 있어 보인다.

학식이 있는 것이 오히려 근심을 사게 되어 조금 아는 것을 잘 소화 못 시킨 나는 점점 한쪽으로 치우친다. 이런 결점이 보일 때마다 늘 반성하는 동시에 조선에 더욱 친근한 맛을 느끼게 되는 것이다.

또 한가지는 어찌하면 나와 남 사이에 평화롭게 살아볼까 하는 것이었다. 파리인의 사교성이든지 조선 농촌의 원시심의 그 요점은 욕심이다. 사람이 다 각각 개성이 있는 이상 나만 세울 수 없는 것이다. 더욱이 지방 부인들의 욕심 즉 부덕이며 많은 친척 사이에 융화해가는 포용성은 수양상 반드시 한 번은 보아 둘 필요가 있는 것을 절실히 느낀다. 이 여러 가지 점으로 보아 환경을 벗어나지 못하였다는 것보다 환경을 이용할 수 있었다.

무서운 것 세 가지

그렇다고 나는 이상과 같이 소극적 행동을 좋아하지 않는다. 경우가 흐리고 기운이 미지근하며 개성이 똑똑지 못한 것을 싫어하고 미워한다. 과도기 사람들은 남의 변한 행동을 보기 좋아하면서 자기의 인습적 행동에서 벗어나지 못하는 것이다. 그리하여 누가 앞서기를 기다리고 뛰어난 자를 비록 입으로는 비난하더라도 몸으로는 존경을 표하는 것이다. 이러한 적극적 인물이 필요하다고 생각한다. 그러나 조선 사람의 환경에서 뛰어난 사람이 쉽게 생겨날는지.

이것저것 주어 모은 결론의 요점은 이것이다.

세상에는 무서운 것이 세 가지가 있다. 첫째는 사람이 무섭고 둘째는 돈이 무섭고 셋째는 세상이 무섭다. 사람이 사람답게 나든 지 또 하고자 하면 못 할 것이 없다. 돈만 있으면 못 갈 곳이 없다. 능히 못 할 것이 없다. 그리고 세상을 알고 보면 무섭다. 용기가 줄어든다. 사람이면 다 사람이랴. 사람이라야 사람이지, 사람 하나 되기에 얼마나 많은 시일과 경험과 번민과 고통이 쌓이는지. 돈이 귀한 줄 누가 모르며 더구나 조선 사람의 돈 난리는 곳곳에서 들리는 바 아닌가. 돈 있는 자는 활기가 돌고 돈 없는 자는 어깨가 축 처진다. 돈 없으면 이탈리아니 프랑스니 어디 곳곳을 다 어떻게 다녀왔으랴. 세상은 이런 세상도 있고 저런 세상도 있어 세계 중에는 형형색색의 세상이 많다. 이 세상에서는 저 세상을 동경하고 저 세상에서는 이 세상을 동경하니 어느 것이 좋으며 어느 것이 나으며 어느 것이 옳은지 조금 아는 지식으로는 판단하기 어렵다. 도로 제 것에 돌아가는 수밖에 없는 것이다.

그러므로 알고 도루묵이나 모르고 도루묵이 되기는 쉽다. 이처럼 세 가지 무서운 것을 알았다. 또 체험하였다. 우리가 수양하는 것, 활동하는 것이 다 이 세 가지 중에 하나를 얻으려하는 것이 아닌가 생각한다. 평면과 입체를 통하여 용기로 나타나는 무수한 선이 이는 것 같이 눈을 감고 있으면, 서양에 있을 때는 서양의 입체만 보이고 조선의 평면이 보였던 것이 조선에 오니 조선의 입체가 보이고 서양의 평면이 보인다. 평면과 입체가 합하여 한 물체가 된 것 같이 평면 즉 외면과 입체, 내부가 합하여 하나로 성립된 것이니 어느 것을 따로 떼어 볼 수가 없다. 잠깐 들리는 손님에게는 내부를 알 여가가 없고 또 얼른 보이지도 아니하고 한이 없는 것이었다. 그래서 나는 그 외면에 나타난 몇 가지를 취해 가지고 왔을 뿐이다.

나는 인형이었네

아버지의 착한 딸인 인형으로
남편의 착한 아내인 인형으로
그네들의 노리개였네

노라를 놓아라

순순히 놓아주고

높은 장벽을 열고 깊은 규문을 열고
자유의 대기 중에 노라를 놓아라.

나는 사람이라네.

남편의 아내 되기 전에
자녀의 어미 되기 전에
아버지의 딸이 되기 전에
첫째로 사람이라네.

나는 사람이로세.

구속이 이미 끊쳤도다.
자유의 길이 열렸도다.
천부의 힘은 넘치네.

아아 소녀들이여
깨어서 뒤를 따라 오라. 일어나 힘을 발하여라.
새날의 광명이 비쳤네.

그러면 유럽과 미국인이 사는 것이 어떠하며 우리 사는 것이 어떠한가. 한 말씀 말하면 그들은 꼭꼭 씹어서 단맛, 신맛, 짠맛을 다 알아서 삼켜서 소화하는 것이오, 우리는 된 대로 꿀떡 삼켜서 아무 맛을 모르는 것이다. 결국 대편되기는 일반이나 대편 될 동안에 경로가 얼마나 다른가. 그리하여 그들은 생의 맛을 안다. 어찌하면 잘 놀까 하는 것이 걱정거리다. 일할 때는 한껏 일하고 놀 때는 흥껏 논다. 감정이 솟을 때는 불이라도 붙을 듯하고 이성이 발할 때는 얼음과 같이 차다. 그러나 산뜻하고 다정하고 박애스러운 것이야 아무리 사교술이라 하더라도 유혹이 아니 될 수 없다. 그러면 우리 사는 것은 어떠한가. 날 가는 줄 모르게 늘 지루하다. 그리고 감정과 이성을 절충해서 산다.

또 그들 부녀는 각자도생으로 의복을 입고 모자를 쓴다. 즉 창작성이 풍부하다. 그리하여 이상한 자태가 보이면 그것을 귀히 여기고 그 사람을 존경하고 장려한다. 그러므로 그 사회에는 창작품이 많고 진보가 있다. 우리는 어떠한가. 좀 이상스러운 것만 보면 욕설과 비방으로 놀리고 비웃는다. 이래서 창작물이 있을 리가 만무하다. 개인으로 창작성이 없는 자나 사회로 창작물이 없는 것은 진보가 없다고 볼 수밖에 없다.

무식하나마 세계를 보고 온 머리로 그야말로 원시적이다 싶은 유럽과 미국보다 2~3세기 뒤진 조선 농촌에서 생활하고 있으려니 모든 것이 어울리지 아니하고 그 결점이 확실히 눈에 띄어 다시 외국에 들어선 감이 생긴다. 그리하여 내 머리로는 딴생각을 하면서 몸으로는 그들에게 쌓이게 하느라고 애를 무한히 쓰게 되고 남 보기에는 얼빠진 사람같이 된다.

내가 구미 갈 때의 목적

내가 구미를 향하여 떠날 때는 나는 무슨 목적으로 가나하고 생각하였다. 내게는 안심을 주지 못하는 네 가지 문제가 있었다. 첫째, 사람은 어떻게 살아야 좋을까, 둘째, 남녀 간 어찌하면 평화스럽게 살까, 셋째, 여자의 지위는 어떠한 것인가, 넷째, 그림의 요점이 무엇인가였다.

그곳에 가서는 두 가지 고려가 있었다.
한곳에 머물며 파리 살 때 입선이라고 할까, 또 하나는 남편을 따라 여러 나라의 인정 풍속을 구경할까였다. 나는 후자를 취하였다. 그리하여 단시일에 아홉 개국을 보고 오니 모두 그것이 그것 같아 머릿속이 뒤범벅이 되고 두서를 차릴 수 없게 되었다. 게다가 바로 해산을 하고 산후의 설사병으로 쇠약해졌다. 마치 무엇을 잡으려고 허덕허덕 애를 쓰나 잡히지 아니하는 것 같았다. 이것은 내게 튼튼한 예비지식이 없었던 까닭이라고 생각한다. 그러나 때가 가고 날이 갈수록 한 가지씩 정리가 되어 차차 두서를 차리게 되었다. 그러는 동안에 세월은 야속하여 2월 10일 집에 도착하는 만 일 년이 되고 말았다. 다만 애처롭고 아까운 것은 거대한 금전과 무수한 시간과 무한한 정력을 들여 얻은 구미에 대한 인상이 점점 희미해지는 것이다. 오죽하면 꿈속에서 왔다 갔다 하다가 새벽잠이 깨여 과거를 추억하느라 날 새우는 줄 모를 뿐이다.

아아, 자유, 평등, 박애의 세상 파리가 그립다.

내게 큰 병이 있다. 그것은 무엇이든지 친화하지 않는 재주다. 나는 이 재주를 가진 사람을 부러워하나 내게는 있지 않다. 나는 이러한 나를 퍽 미워하고 싫어한다. 그러나 배냇병신인데 어찌하랴. 이는 보는 것, 듣는 것, 배우는 것을 내게 친화하려는 고집이 있는 까닭이다. 즉 내 것을 만든 후에 유쾌함을 느끼는 까닭이다. 다시 말하면 마지못해 하는 수 없이 하는 것이 쉽지 않다. 무엇이든지 의미를 붙여 즐겨서 하는 것이 되어야 속이 시원한 이상한 심사가 있다. 그러므로 내가 지금까지 조선 대중의 생활로 들어서려면 농촌 생활부터 살아볼 필요가 절실히 있었다. 내게 농촌 생활이 얼마나 필요하였는지.

나는 때때로 이런 생각을 한다. 사람의 머리가 왜 서울 종로에 달린 종만 하지 아니하는가. 더구나 조선 신여성의 머리가 말이다. 그들의 생활은 얼마나 복잡하며 무거운가.
폭풍우가 지나갔다. 맑은 하늘빛이 들 때 그에 비치는 산과 강과 나무와 풀은 얼마나 명랑한가. 다시 추운 겨울이 닥쳐왔다. 백설은 쌓여 은세계가 되고 말았다. 저 수평선에 덮인 백설은 얼마나 아름답고 결백하고 평화로운가.

그러나 그것을 헤치고 빛을 보자 얼마나 많은 요철 굴곡이 있는가.

외로움과 싸우다 객사하다

가자! 파리로.

살러 가지 말고 죽으러 가자.

나를 죽인 곳은 파리다.

나를 정말 여성으로 만들어 준 곳도 파리다.

나는 파리 가 죽으련다.

찾을 것도, 만날 것도, 얻을 것도 없다.

돌아올 것도 없다. 영구히 가자.

과거와 현재 공(空)인 나는 미래로 가자.

사남매 아이들아!

에미를 원망치 말고 사회제도와 잘못된 도덕과 법률과 인습을 원망하라.

네 에미는 과도기에 선각자로 그 운명의 줄에 희생된 자였더니라.

후일, 외교관이 되어 파리 오거든

네 에미의 묘를 찾아 꽃 한 송이 꽂아다오.

참고 문헌

〈아리따운 靑春! 꼿다운 靑春! 世界各國의 處女生活〉, 별건곤 제21호 1929.6. 23

〈아아 自由의 巴里가 그리워, 歐米 漫遊하고 온 후의 나〉, 삼천리 제4권 제1호 1932.1.01

〈巴里畵家生活, 巴里의 모델과 畵家生活〉, 삼천리 제4권 제4호 1932.4.01

〈쏘비엣露西亞行, 歐米遊記의 其一〉, 삼천리 제4권 제8호 1932.8.01

〈CCCP, 歐米遊記의 第二〉, 삼천리 제5권 제1호 1933.1.01

〈伯林과 巴里〉, 삼천리 제5권 제3호 1933.3.01

〈꼿의 巴里行, 歐米巡遊記 續〉, 삼천리 제5권 제4호 1933.4.01

〈伯林에서 倫敦까지, 歐美遊記의 續〉, 삼천리 제5권 제9호 1933.9.01

〈西洋藝術과 裸體美, 歐美 一週記 續〉, 삼천리 제5권 제10호 1933.10.01

〈熱情의 西班牙行, 世界一周記 續〉, 삼천리 제6권 제5호 1934.5.01

〈巴里에서 紐育으로, 世界1週期 續〉, 삼천리 제6권 제7호 1934.6.01

〈太平洋건너서, 歐米遊記續〉, 삼천리 제6권 제9호 1934.9.01

〈伊太利美術館〉, 삼천리 제6권 제11호 1934.11.01

〈伊太利美術紀行(前號續)〉, 삼천리 제7권 제2호 1935.2.01

〈佛蘭西家庭은 얼마나 다를가〉, 삼천리 제8권 제4호 1936.4.01

〈巴里의 어머니날〉, 신가정 1933.5

〈베를린의 그 새벽〉, 신가정 1933.1

시 〈외로움과 싸우다 객사하다〉 〈노라〉

그림 출처

한국데이터산업진흥원

원문 출처

공유마당, 한국사데이터베이스

꽃의 파리행
조선 여자, 나혜석의 구미 유람기

초판1쇄 인쇄 2019년 06월 07일
초판1쇄 발행 2019년 06월 14일

지은이 나혜석
엮은이 구선아
펴낸이 최병윤
펴낸곳 알비
출판등록 2013년 7월 24일 제315-2013-000042호
주소 서울시 강서구 화곡로58길 51, 301호
전화 02-334-4045
팩스 02-334-4046

종이 일문지업
인쇄 한길프린테크
제본 광우제본

ISBN 979-11-86173-64-0 03810
가격 13,800원

이 도서의 국립중앙도서관 출판예정도서목록(CIP)은 서지정보유통지원시스템 홈페이지(http://seoji.nl.go.kr)와 국가자료종합목록 구축시스템(http://kolis-net.nl.go.kr)에서 이용하실 수 있습니다. (CIP제어번호 : CIP2019021876)

잘못 만들어진 책은 구입하신 서점에서 바꾸어 드립니다.
알비는 리얼북스의 문학, 에세이, 대중예술 브랜드입니다.
독자 여러분의 소중한 원고를 기다립니다(rbbooks@naver.com).